JN139576

ラングザマー　世界文学でたどる旅

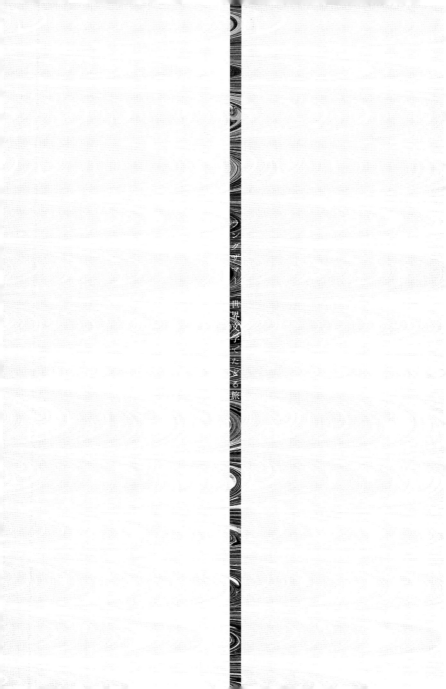

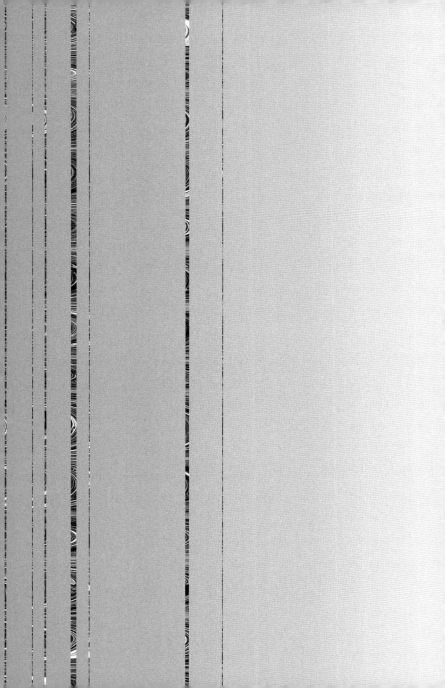

境界の文学

Ilma Rakusa

ラングザマー
世界文学でたどる旅

イルマ・ラクーザ

山口裕之訳

editorialrepublica
共和国

息を切らしながら生きること
ますます速度を上げて生きること
その他の無理な要求をしりぞけるために

ラングザマー

世界文学でたどる旅

目次

はじめに ＊ 009

一、……読書（愛） ＊ 017 ＊ Lektüre (Liebe)

二、……仕事（優雅） ＊ 039 ＊ Arbeit (Anmut)

三、……自然（何もしないこと） ＊ 055 ＊ Natur (Nichtstun)

四、……速さ（限界） ＊ 073 ＊ Geschwindigkeit (Grenze)

はじめに

歴史の歩みがさらにせわしなくなる時代には、もっと多くの人々が息を切らすようになる、これは単純なことではないか。

ゲオルク・ビュヒナー『ダントンの死』

われわれはゆっくりすることがあまりにも少ない、そうはっきりと感じている。

ロベルト・ヴァルザー

少なくとも この二百年というもの、加速を求める強い要求が優勢となり、驚くほどの大変革が引き起こされてきた。そして、そういった変革が、さまざまな疑問や批判や警告を生み出している。進歩にはそれだけの代償がつきものだというこ とを、われわれはとうの昔に知っている。しかしそれにもかかわらず、自分たちには能力があるという思い込みや効率性への信仰は、いまでも損なわれることなく蔓延しているようだ。ゲーテは、ファウストという人物像で現代の行動型の人間の原型を産み出した。だが、ゲーテ自身は次のような嘆息を漏らしている。「まるで、包装された商品のように、人間はほんとうに美しい風景のなかを「ものすごい速度で」駆け抜けてゆくのです。プラムの香りは失われてしまいました★」。

ゲーテはこのように華々しく登場した鉄道の証言者となった。しかし、ファウスト的悪魔的な速さ《ヴエロツイフアー》★の精神によってその後作り出されていった技術の産物、つまり自動車や飛行機を、もし彼が目にしたとしたら、いったいどのような反応を示したことだろう。

恐ろしい速さで進む技術的発展は、瞬く間に人間の日常生活に革命的な変革をもたらした。まだ前衛的であったものが、ごく普通のものとなってしまい、そのうち次の革新的技術によって追い越されてしまう。そのようにして、好むと好まざるとにかかわらず、われわれは休むことなく動き続ける状態に置かれている。そこではテクノロジーとテンポの加速が、この五十年のうちにさらに驚異的に速度を高めてきた。大衆ツーリズムによって世界をジェット機で飛び回り、インターネットのなかで仮想的な距離を乗り越え、宇宙飛行士を月に、宇宙空間探査機を火星に送る。そして、自由な可動性と速度のとりことなる。グローバル化された経済に「国境はない」と謳われ、遠距離通信時代の株式市場にはかつてないほどの敏感さと敏捷さが備わる。今日ではボタン一つで情報がもたらされるのだ。

だが、これほど膨大な量の知識があっても、それをいったいどうするのだろうかと問わずにはいられない。ペーター・ボルシャイトによれば、二十世紀における加速の度合いは歴史的に見て唯一無二のものであるが、それは次のような数値で表現される。「コミュニケーションの速度は一〇の七乗で上昇し、旅行の速度およびに病気をコントロールできるようになる速度は一〇の二乗、情報処理の速度は一〇の六乗で高まる★」

事実そのものとしてはなかなか立派なものだ。しかし他方で、この同じ事実が憂慮すべき別の側面をも表わしている。というのも、まさにこのテンポの加速こそが、われわれの「時間の豊かさ★」を貧しくし、失業を生み出してきたのではないか。われわれはどれほどの速度を自分で処理できるというのか。いまでは子どもたちでさえストレス症候群にかかっている。「燃え尽きた」大人たちについては言うまでもない。アメリカでは「スピード病」という言葉さえ使われ、ヨーロッパでは時流の反対をゆく何人かの頭の良い人たちが「スローフード」レストランや「スローシティ」なるものを案出している。前近代的なものをノスタルジックに回顧しているわけではない。ここで言っているのは、いわば「スローモーション」ということなのだが、それはつまり、意識や五感とともに生きること、生活の質、「真にそこに在ること」★のために速度を落とすということ（スロームーブメント）なのである。そこには環境に配慮する視点も含まれてはいる。しかし、とくに重要なのは（一人ひとりの）日常生活である。小さなところでは、自由な空間や息をつくためのオアシスといったニッチを作り出す必要性が掲げられている。しかし、それ以外では、あらゆるものの動員という事態がますます進行している。

その結果、急速な世界と、ゆっくりと生きることを求める人間的な権利とのあいだに、ある緊張状態が生まれる。哲学者のオード・マルクヴァルトは、その理由を次のように説明している。「加速度的に変転する世界を否定するものは、本来ならば諦めることのできない、生き残りのための手段を諦めることになる。反対に、ゆっくりとした人間を否定するものは、そもそも人間を諦めていることになる。つまり、現代の世界では、われわれは速さ（未来＝どこへ向かって行くか）

とゆっくりしていること（起源＝どこから来たか）の両方を生きなければならないのだ★」

「起源」が意味しているのは、連続性や経験の価値に対する感覚であり、そしてまた、ゴミ処理施設の時代においては、古いものに対する敬意の念である。古いものはすぐさま新しいものとなる可能性があるからだ（「ゆっくりとしていることを通じて、アップ・トゥー・デイトであるチャンスが増大する」。テンポの加速、リサイクル、博物館的な知識の保持が互いにますます近づいていくとすればなおさらのことだ）。

そして芸術は？　芸術はそれに対してどのように語っているだろうか。文学は速いのか、それともゆっくりしているのか。文学はハイな感覚ではなく、われわれを「長きにわたって敏感にし、方向づける」ことによって、われわれに新たな知覚を与えてくれるのだろうか。

疑問はつきることがない。これから私はいくつもの章のなかで、考察を重ねることと語る行為のあいだ、引用と経験の報告のあいだを曲がりくねりながら、これらの問いに向き合っていくことにしよう。私はこれから不鮮明さや拡散という問題、スリルやバーンアウトという問題を取り上げてゆく。また、速度の哲学者ポール・ヴィリリオ、あるいはアダルベルト・シュティフターやペーター・ハントケといった微細に世界を描き出す作家たちと語り合ってゆく。ここで語られるのは、徒歩で進んでいくことであり、ゆったりした時間や悠然とした心持ちである。あるいは、クリストフ・マルターラーの「眠っている」演劇や、時計を見ることなく話を進めるベッドのなかでの夜の物語である。それは、タイムマネージメントやザッピング、もしくはイベントに夢中になってトレンドを追い求めることとは正反対のものである。ここで語ろうとしているのは、一時手を休めること、〈いま、ここで〉という経験である。

一、読書（愛）

1. Lektüre (Liebe)

本を一冊、手にとって読んでみるといい。そのあと何が起こるか、あらかじめ正確に予測することはできない。しかし、読書は私の心をとらえ、私はそれにすっかり魅了されてしまう。私はどのように苦しいことも乗り越えてその物語についてゆき、時間や日常生活、自分のまわりの世界を忘れる。ともに熱狂し、苦しむ。そして、感動した文やとまどった文の下に鉛筆で線を引く。前にあったことを確かめるためにページを繰って戻り、好奇心を満たすために先のページをめくることもある。私は完全に集中し、本のことしか頭にない。幸せな気持ちだ。私のなかのすべてが、お願いだから私をこのままにしておいて、この時間が永遠に続けばいいのに、といっている。

すでに子どものときから、私は本を読みたいという気持ちにとりつかれていた。読書が好きという気持ちは、（十歳で）ドストエフスキーの『罪と罰』を読んだとき、決定的に読書中毒へとかわった。私はこの小説をこっそりと読んだ。ベッドのなかで、一つひとつの文をたどりながら。そして緊張のあまり、ほとんど眠れなくなってしまうほどだった。このロシア人作家はきびきびとしたテンポで語りを進めているのだが、読書そのものはいまでもかわらずゆっくりと進んでゆくものである。本をむさぼり読むという経験も、そもそも時間があるということ、その人がねばりづよく本と取り組むということによってはじめて可能となる。私にとってはやがてペテルスブルクの古物市場のほうがチューリヒのいくつもの通りよりも馴染みのものとなり、勇敢な娼婦ソーニャは私の友達となり同盟者となった。ドストエフスキーの描く激震の危機の世界を知ってしまうと、現実の世界のなかの学校生活は色褪せたものとなった。読書を通じて私は自分の年齢にふさわしくない経験を重ねた。その経験は、カール・マイのヴィネトゥ★とは比べものにならないくらい遠くへと私を連れていってくれるものだった。私はインディアンたちとともに馬で遠方へと旅行し、トール・ヘイエルダール★とも一緒に太平洋を横断し、ハインリヒ・ハラー★とはチベットの高山を登っていった。私は本が語ってくれることを貪欲に吸収し、私の想像力はさらにたくましくなっていった。そのようになったのは、私がまだ自分で読むこともできなかったうちのことで、母が私にベッドに行く前や、昼間、ミラマーレの岩場★で本を読んでくれたりしたときのことだった。へんてこなハンガリーの童話が波の音と結びつき、読んでもらっているうちに眠ってしまうこともよくあった。

　どのような性質の読書であれ、読むことには瞑想的な過程がともなう。そこには、注意を傾けていること、落ち着きという特徴がある。私はモスクワの地下鉄に長いあいだ乗っていたときのことを思い出す。若い人も歳をとった人も、座席で、あるいは立ったまま、本の世界に完全に入り込んでいた。その人たちがそこにはいないということ、あるいはどこか他の場所にいるということは、彼らの顔からわかる。そこから引き離され、手を触れることのできないところにいる。自分のなかで幸せな心持ちになっている。絵画のなかに数多く描かれた読書する人たちもまた同じような印象を与える。詩篇を手にしている数々の聖母像、読書室の敬虔な僧侶たち、分厚い大型本のうえに身をかがめた聖人たち、ゆったりと背もたれに身を委ねた若い女性たち（ジャン＝エティエンヌ・リオタール★、あるいは優雅に夢想する人たち（カミーユ・コローからゲルハルト・リヒター★にいたるまで）。彼らは寡黙で、忘我の境地にあり、くつろぎ、ときおり微笑んでいる。

テレビを見ている人の絵というものがあったなら、そこでは同じような顔の表情が描かれているだろうか。まずありえないだろう。若い人にせよ歳をとった人にせよ、彼らがザッピングするメディアの目指していることは、人を興奮させ、感情をかきたて、ショックを与え、楽しませることである。神経質なテレビコマーシャルのために瞑想的な雰囲気など現れるべくもない。モニター画面で読むということも、いくつかの点を考えると本を読むことには及ばないだろう。というのも、あまりリラックスした姿勢とならず、どのような場所でも使えるわけではないからだ。同時に、本という物がもつ感覚的な要素がそこには欠けている。例えば、気の向くままにページを繰ったりメモを書き込んだりするといったようなことが。

感覚的であること、観想的であること、リラックスしていること――これらが重要な三位一体をかたちづくる。読書は、単にある目的のために役に立つことを目指すだけではない。知識を伝達したり楽しませたりすること、世界や自分自身を探し求め、なんらかの意味を見いだし物事を明らかにできるよう貢献すること。こういったことは読書のもつ一つの側面である。しかし同時に、読書とは自分自身が満ち足りたものとなる行為でもあり、そこには大きな幸せを約束するものが含まれている。ルートヴィヒ・ムート★のような読書のエキスパートたちがいうには、そこに次のようないくつかの要因が働きあっていることがその前提となっている。すなわち、読者は読書行為そのものよりも優れているのだ（そして読書行為によって優れたものとなる）。読者は何にも遮られることなくフィードバックを受け取り、集中し没頭することによって変わることのない時間感覚を経験する。そして、自分という境界を越えて、自由に戯れる自律的空間のなかを動いてゆく。

なんと魅惑的なことではないか。それによって本を読む人はみな熱心な読書家となるのではないだろうか。本を読むという幸せは、比較的ささやかな費用で、内なる世界への没入と外の世界への没我というたぐい稀な混淆、高度に覚醒しながらゆったりと落ち着いた状態を与えてくれる。日常世界、時間の機械としての時計、有用性を追い求める思考は巧妙に締め出される。唯一の条件は、読者が読んだものとかかわり、自らのイマジネーションを作動させることだけ。過大な要求だろうか？

読むのが大変だという人もいれば、時間がかかりすぎるという人もいる。その両方とも、めまぐるしく移り変わる時《とき》という発想で考えれば、確かに理解できる。このめまぐるしい「時」は、「スーパーマーケットの論理」（ミシェル・ウエルベック）★にしたがって、ますます速度を増してゆく知覚と感覚的印象を生み出してゆく。しかし、読書はゆっくりとしている。そして、読者に対して消費的態度ではなく、自分自身で思考し感じ取る主体の態度が求められる。こういった態度をとることができない者は（あるいはそのような意欲のない者は）、自分から最も素晴らしい経験の一つ、つまり有益な楽しみとなるものを失うことになる。そのような楽しみをパラダイスのイメージと結びつけた作家としてわざわざホルヘ・ルイス・ボルヘスの名前を持ち出すまでもない。読書のない生活をする、しかも寝転んだまま本を読むこともなく生きてゆく、そのような「すぐれた生き方の術」★など、ほとんど語るに値しない。私はもちろん、読者に憑かれた人間の一人として語っている。そしていうまでもなく、私が第一に思い描いているのはいわゆる文学作品である。文学は時間の流れというものに対して素晴らしい強靭さを示してみせる。ドストエフスキーは私に、罪をともなうものとなってしまった情熱の深淵や、聖愚者のなかでも最も柔和な存在、「痴人」と呼ばれるムイシュキン公爵を見せてくれた。スタンダールのもとでは愛の学校に通った。カフカからは人間の条件《コンディシオン・ユメーヌ》のもつ無慈悲さを学んだ。カミュは反抗に対する繊細な感覚を私に与えてくれたし、ヨシフ・ブロツキーは過ぎゆく時《とき》について私の感覚を研ぎ澄ませてくれた。何冊かの詩集をカバンに入れて、私はありとあらゆる場所をさまよい歩いた。それらの詩句が私に感じ取らせてくれた感覚は、正確さにおいても、新鮮さにおいても、常軌を逸していることにおいても、平凡に現実を捉えるだけのあらゆる眼差しを凌駕するものだったと認めざるをえない。読むという行為によって導かれるヴェネツィアは、より高められたヴェネツィアである。一回限りの新鮮さをもつと同時にまた、よく知っているあの街。それは、テクストの打ち拓くものが再びそこに対象を認める行為と出会うからであり、またテクストのイマジネーションが（その場に居合わせることで手にする）自らのイマジネーションとショートして激しく結びつくからである。

光が目を細めさせ貝にする。耳は（まさに耳介）
鳴り響く鐘の音でさらに大きく広がる。
堂々とそびえた教会のドームが、群れをなして次々と水飲み場へ向かう
——そして水に映った自らの姿を目にする
鎧戸がガラガラと巻き上げられ
チコリやコーヒーの香り、洗濯物や洗濯カゴの匂いがする。
そしてドラゴンの喉のなかへと急いで

ゲオルグが槍を繰り出す。まるでインク壺に立てるように。

ブロツキーの連詩『ヴェネツィア詩集　第二』★ではこのように描かれている。息の長い情景描写だ。そこでは情景を生き生きと描き出すことと音楽とが一つになっている。

本を読むとき、言葉や語のあいだのスペースをじっくりたどり、文やさまざまなリズムを手探りで確認するとき、そのこととじっくり辛抱強くつきあってゆく。意味が明かされ充実した空間が生まれるときまで、そこには「再び魔術化された」世界がある。書かれたもの自体もまた、本質的にゆっくりしていることで生を受けている。そのことはそこに見られる密度感や複雑さが示している通りである。マルセル・プルーストは失われた時を求めて、何年も何百ページも費やしてきた。記憶の痕跡を辿《たど》ってゆく彼のあの細密な探求は、一度限りの特別なもののなかから無時間的な普遍性のもつ火花を打ち出す、そのような言葉の芸術作品である。だからこそ、その特別な作風のために、この作品はいかなる映画化からも身を遠ざけているのだ。★　有名なマドレーヌのシーンには次のようにある。

私の叔母はいつもマドレーヌを菩提樹の花のお茶に浸して私に渡してくれていたのだが、そのようなマドレーヌの味だと気がついたとたんに（といっても、そういった思い出がなぜ私をこれほどまでに幸せな気持ちにするのかいまでもまだわからなかったのだが）、通りに面した正面――そこに叔母の部屋があった――を持つあの灰色の建物が、まるで劇場の装飾の一つのように、庭の脇にある小さなあずまやへとつながっていった。そのあずまやは、私の両親のためにうしろに作り付けられたものだ（つまり、それまで私ひとりが目にしていた、それだけが切り取られた部分的な像である）。そして、その家とともに浮かび上がってきたのは、その街であり、昼食の前には私が使いに出された広場であり、朝から夜までどんな天気のときにもすっかり歩きつくしていたさまざまな街路であり、天気が良いときには私たちが通っていたさまざまな通路であった。それはちょうど、日本人が水で満たされた陶器の杯のなかに小さな、はじめはまったく人目をひくこともない紙片を投げ入れると、それらは水をいっぱいに吸い込み、すぐにばらばらに分かれ、身をくねらせ、色づいてゆき、そして細かな点をはっきり示すようになって、花や家や、互いに関係しあったもの、それが何かわかるものになっていくのと同じような様子であり、いま私たちの庭のあらゆる花が、スワン氏の公園からとってきた花が、ヴィヴォンヌの睡蓮が、村の人たちやその人たちの家、教会、そしてコンブレイやその周りの土地が——すべてはっきりと手に取れるよう——そして街やさまざまな庭園が、すべて私の一杯の紅茶から立ちのぼってきた。✶

この長く幾重にも枝分かれした文を読むとき、私は、プルーストが自分の思考を作り上げていく過程をたどってゆくだけでなく、紅茶を一杯また一杯と飲みながら移りゆく、プルーストの主人公の記憶のプロセスにも加わっているのだ。これらの文は私をそのテンポに無理やり従わせ、私を言いなりにさせ、そして私に少しずつ自分の秘密を明かしてゆく。あらゆる偉大な芸術についていえることだが、形式と内容は分けることができない。

教育学者や社会学者は、今日、若い人たちは複雑な構造の文を読み解くことがほとんどできないし、ましてや自分で書くことなどできないと報告している。口語表現における省略、さかんにアピールする広告の文体、ショートメールでの言い回しがあちこちで幅を利かせている。「迅速」がスローガンとなり、コミュニケーションの消え去った状態が「メッセージ」となる。比較的若い世代の作家たちもまた、こういった時代精神にすでに適応しており、彼らは慌ただしく次々と主文を積み重ねていったり、あるいは（演劇の台本では）できかけの壊れた文をつっかえながら並べたりしている。そこからストリンジェンドの美学が生まれることはきわめて稀である。マルレーネ・シュトレールヴィッツのスタッカート文体には一貫した姿勢が見られる。

太陽が家の前のコンクリートのプレートに照りつけていた。それらのプレートは洗い出し人造石でできた縦長の四角形。五枚のプレートは長辺を並べてバンガローの正面に沿っている。七枚のプレートは、大きなハート型の葉の、長く細く濃い色をした帆脚索《ほあしづな》がぶら下がっている木の下の草のところまで。プレートのうち三枚は割れ目がはいっていた。横に。家に向かっていくところに。誰かがその上にのると傾いた。プレートとプレートのあいだには草。彼女は窓辺に座っていた。両腕は安楽椅子の幅の広い油で汚れた肘掛の上。彼女は外を見た。大きな建物の方に向かって左側にバラの花壇。バラの株は小さく一つひとつ分かれて砂状の角のところに。どの株も花は一輪だけ、そのうしろには家の白い壁★。

シュトレールヴィッツは素早いカットを入れて書いている。この『マヤコフスキー・リング』という小説の冒頭が映画の台本のように読めるのは、偶然ではない。私たちは庭を目にし、窓辺の女性を目にしている。まるでエドワード・ホッパーのある絵のなかから出てきたかのような女性だ。読んでいくと、しばらくあとにはたいてい疲れてしまう。時間がたつうちに、散文のなかに持ち込まれた映画の技法のために苛立ってしまうからだ。ピリオドで切り離された「はい」や「しかし」や「そして」もそうだ。そのうちそういった苛立ちも自分で望んだものとなり、シンタックスの破断や唐突さ、過度に現れるピリオドやコンマ、性急な中断が、文体プログラムの一部となる。その文体はおきまりの型を弄びながらも、それをかいくぐって効果を上げている。さらにこれらのおきまりの型は、破片のように体験された現実を断片化によって美的にさらに凌駕する試みをおこなっている(全体性を再構成するというプルーストのプロジェクトは過去のものとなる)。

シュトレールヴィッツのテクストは、挑発とか論争といった特質をもっているわけではない。彼女の文章では、リラックスした読書によってもたらされるもの、つまり自己忘却を読者が手にすることがさまたげられてしまう。人為的な息の短さによって、落ち着かず追い立てられる気持ちが生み出されるのだ。

エリアス・カネッティは、一九四二年に書かれた手記のなかで、次のような指針となる言葉を書いている。「長篇小説は急ぐものであってはならない。かつては急ぐことにもその居場所があった。いまでは映画がそれを引き受けている。映画を基準に考えると、性急な長篇小説はつねに不十分なものにとどまらざるを得ない。もっと落ち着いていた時代の産物である長篇小説には、この昔の落ち着きからなにかを、われわれの新しい性急さのうちに持ち込んでほしいのだ。長篇小説は多くの人にとって、スローモーションによる時間の拡大という働きをすることもありうる。長篇小説は同じところにとどまり続ける力を喚起することもある。長篇小説は彼らのおこなうさまざまな崇拝行為という空虚な瞑想にとって代わるものともなりうる」★

ペーター・ハントケ★の長篇小説は（これはほんの一例にすぎないのだが）この急がないという原則にしたがっている。それらの小説では叙事詩やメルヒェンのメロディーが鳴り響いているが、そのテンポ感はつねにソステヌートを保っている。私もメルヒェンのもつ息の長さ、晴れやかな下地あるいは陰惨な下地をもつ落ち着いた心境を呼び覚ましたいと思っている。こういった心境は、不思議な出来事に心を閉ざすことがないため、時代や空間を超えて働きかける（だからメルヒェンはなによりも理想的な夜のお話になっている）。しかし、私は愛について語りたい。愛の営みとしての読書、読書としての愛の営みについて語りたい。

私だけが本と一緒にいる。私たち二人だけ。私の右手の指がページのなかの行を追ってゆき、ページの縁をそっとなぞる。ページの角に折り目をつけるのではなく、ある言葉、ある文、あるいはある段落が私の心を揺り動かしたということを鉛筆が印してゆく。心のなかの声が、なるほどと言う。あるいは、びっくり、こんなことを聞くのは初めてだと。私はどんどん読み進めてゆく。わくわくしながら、すごいと感心しながら、あるいは心から愉しみながら。本が私の恋人となっていくことをますますはっきりと感じとる。私は彼がそこにいることを感じとり、なめらかな紙にそっとやさしくふれる（アルベルト・マングェルの言葉。「人が手にして読んでいるのは、ある特定の版、ある特定の個体としての本だ。そうであることは、ザラザラしていたりなめらかだったりする紙の性状や、匂いや、七二ページが少し破れていたり、裏表紙の右上のところにコーヒーの丸い染みがあったりすることでわかる」★）。私はさらにやさしくなってゆく。本が私のことをわかってくれるからだ。そう、本は私をわかってくれる。私が本を探し出したのではなく、本が私を探し出してくれたかのように。二人のあいだで紡ぎ出される言葉のやり取りは、これ以上ないほどに親密なものとなる。一方、外では風景が流れ去ってゆく。あるいは近所の子どもたちが大騒ぎをしている。私たちは一つの空間を分かちあっている。その空間は私たち愛の同盟者のものだ。私があなたを読むようなしかたであなたのことを読む人は他には誰もいないと私は本に語りかける。すると本は答える。私があなたに与えているものが何かを知っているのはあなただけ。いまでもそうだが、私は自分の本を他の人にはどうしても貸したくない。どの本とも一つの（あるいは私の）愛の物語があり、ある本のカバーを見るだけでその本のストーリーだけでなく、そのストーリーとどのように私が関わったかということが呼び起こされるからだ。

いまでもロシアの友人たちのことを覚えている。彼らは、ソヴィエト時代のただなか、禁止されているものと知りながら私が彼らのところにもってきた本を携えて別荘《ダーチャ》に引きこもり、寒さに震えながら自分のコートにくるまって、まるで陰謀を企む恋人同士のようにひたすらその本を読みふけっていた。彼らには時間があり、読書をすることが彼らの生活だった。現実の社会主義が彼らに伏せていたことが、本のなかにはあった。密かに持ち込まれたり、盗んできたり、あるいは一カ月の収入を出して手に入れたりした本のなかに。彼らはこういった本の表も裏もすべてを知り尽くしていた。まるで生き残るための最後の配給品としてそれらの本を自分のうちに取り込もうとするかのようだった。

本を読むということは、生命に必要なもの、愉しみにみちた習慣、遊び心をもちながらおこなう軌道修正である。少し前にブレーメンの市立公園で、ある土曜日の昼下がりにこんな風景を目にした。ベンチに夫婦と子どもがすわっている。八歳くらいの男の子だ。お父さんが本を読んであげている。奥さんと息子はじっと耳を傾けている。まわりの通行人のことなどまったく気にしていないということは傍目にもわかる。太陽がその人たちの顔を暖めていた。彼らの顔は幸せそうに内側に向かっているように見えた。私は何度も振り返った。その光景はそれほど平和なものだったのだ。その三人は、誰に言われるでもなくごく自然に自分たちの空間をそこに作っていた。それは読書の空間（読書室）であり、読書の現実の場である。急いだり慌ただしくしたりすることからはいっさい解き放たれていた。

二、仕事（優雅）

2.
Arbeit
(Anmut)

知人の銀行家S氏は、業績や状況適応力に対するプレッシャーが大きいとこぼしている。自分を認めてもらうためには、最大限の力を発揮しなければならない。きちんとしたファッションブランド業界や自動車業界で働くには、イニシアティヴをとりフレキシブルでなくてはならない。肉体的ストレスは慢性的な過剰負担のために生じるものであり、心理的ストレスは、これでは十分ではないのではないか、もしかすると職を失うのではないかという不安のために生じる。不満足な状態と確信のなさが、ここでは手を取りあっている。

ヨーロッパ全体を対象としたjobpilot.comとインターナショナルマガジン『トゥモロー』のアンケート結果によると、全職業従事者の二十九パーセントが、その時点で提供されている職を毎日探している。三分の一の人が、週に何回か職業斡旋サイトを閲覧しており、月に何度かという人も二十二パーセントはいる。

社会学者リチャード・セネットは、その『フレキシブルな人間――新しい資本主義の文化』のなかで次のように書いている。「ルーティンワークの時間というかつての体制下では、アダム・スミスの目からみれば、ある労働者が毎日職場でどういう仕事をするかは完全に明白なことだった。フレキシブルな体制では、どのような仕事がおこなわれるかは読めない。〔……〕これが自分の仕事であるという感覚が表面的なものとなり、そこで本来しなければならないことに対する無理解がいまや支配的になっている」★

グローバル資本主義や、短期間の経営管理のさまざまな要請に対応するために、仕事や住む場所や生活形態をたえず変えてゆく現代人があちこちさまようことを、セネットは「ドリフト」と呼んでいる。そしてその結果は？　社会のなかで根無し草となり、仕事や個人のアイデンティティが不安定となり、そしてストレス、無気力が生まれている。

こういった症候群は、権力がテキパキと仮借なく再分配され、責任感やモラルが稀少価値となっている管理職たちのフロアでも停止することはない。キャリアの頂点に立つものはたいてい心身のダメージの点でも頂点に立っている。最高の「パフォーマンス」と最高の生活を目指しながらも、そういう人は結局、自分自身をすり減らしているのであり、そのためにいつしか人間関係が劣ってしまうことすらある。そういった人にとってお金と同じくらい大切な時間（ベンジャミン・フランクリン「タイム・イズ・マネー」）が完全に失われてしまうことはさておくとして。『私たちは眠らない』——カトリン・レグラ★は、彼女の長篇小説（これは実際のインタビューに基づいたものである）をこう名づけている。この小説は管理職の悲惨さを徹底的に表現している。この小説でもっとも不気味なところは、彼ら「長」のつく人たちが、自らの精神状態を自分自身ではもはや表わすことができなくなっていることである。そこで使われている言葉自体は、いまでは決まり切った表現、ステレオタイプとなっているものだ。広告が日々大量に生み出している吹き出しのなかの言葉といってもよい。退屈でどこにでもあるような言葉だ。

状況への適合、業績に対するプレッシャー、微細な時間の分割、ひっきりなしに増えてゆく要求、何にでも応じる姿勢。こういった犠牲を払ってでも、とにかく成功を手にすることこそが、彼らの目指していたものである。しかし、こういった成功をあいかわらず魅力的であると感じるのは、野心家に限られるわけではない。少なくとも一定の年齢のうちは。四十まではせっせと働いて金を稼ぎ、そのあとは別の生活をするといった言葉をよく耳にする。そのとおり計算がうまくいくのであれば、けっこうな話だ。しかし、そうした仕事は人間を変えるものであり、そのために仕事中毒になり、心身をすり減らす。仕事は優雅な生き方を生み出すどころか、攻撃的な気持ちを作り出すばかりだ。「別の生活」はますます遠ざかってゆく。

迅速な仕事、迅速なお金、迅速な生活といったお決まりの文句は、その反対物を必要とする。それはタイムアウトの時間、自由な時間である。だが、時間の切り分け《スプリッティング》など幻想に過ぎない。自由時間と呼ばれているものもまた、速度や業績の吸引力に否応なく巻き込まれてしまうからだ。できるだけ多くの楽しみを手にしたいという渇望はさらに新たな圧迫を生み出し、時間の流れを細かく調整しなければならなくなる。そのことは、意識的に早く退職した人たちや社会の流れから外れていった人たちにも、しばしば当てはまる。そういった人たちは自分自身で決める生活をしているはずなのに、まるで以前と同じように外から決められた生活をしているかのようだ。

　まちがいなく、仕事には二つに引き裂かれた汚名が着せられている。仕事は生きるために必要であり、同時に重荷であるということだ。「祈りを捧げ労働せよ《オーラ・エト・ラボーラ》」という古いベネディクト修道会の戒律はとうのむかしに古びたものになっているが、今日ではそれが「労働と楽しみ」のダブルパッケージとなっている。そこでは楽しみは労働そのものによってもたらされるのではなく、労働の金銭的成果によってもたらされる。お金を手にすることで休暇や娯楽などが可能になるのだが、仕事そのものは不満足な気持ちしか生み出さない。楽しみは結局、神経をすり減らしながらもほとんど充足感のない日々の仕事という苦役を通じて、高い金を払って手に入れるものとなっている。

チェーホフの『三人姉妹』のうち一番年下のイリーナは、(第二幕で)電報技師として働く自分の仕事について苦々しく不平を並べている。うんざり、本当に死ぬほどうんざり、神経がピリピリしてしまう。満ち足りた気持ち、このようにあくせく働くことの意味はいったいどこにあるのだろう。「詩的なもの、精神的なものなど何もない仕事なのです」。それでも彼女は、若者らしい高揚感をいだいているので、生活をよりよいものにすることに貢献しようと考えている。熱心な気持ちと醒めた気持ちの落差は、イリーナのほかの夢も無残にくだけ散ってしまうとき、いっそう痛々しいものとなる。彼女の婚約者が決闘で命を落としてしまい、また憧れのモスクワもあいかわらず遠い彼方にあるまま。唯一の小さな慰めは、電報局での勤務のかわりにこれからは学校で教師として仕事をするということだ。しかし、彼女のような理想主義者にとって、それもまた幸せを保証するものではない。

貴族階級が田舎で過ごす無為な日々というぱら姫の眠りから目覚めたチェーホフの登場人物たちは、崇高な人間性の目標を追い求める高い労働のエトスを体現している。彼女たちが失望せざるを得ないのは、とりわけ理想と現実がばらばらになっているからだ。それに対して今日では、労働とは「世界をよりよいものにしてゆく」ためのものではなく、単に自分自身が暮らしていくためのものと一般に理解されている。労働は実用上必要であるとともに、エゴイスティックな目標追求のためのものである。あくせく働くのは、自動車を買ったり、家を買ったり、あるいは二つ目の家を買ったりするためなのだ。成功は数字で測られ、量が質にとってかわる。

だが、生活の質という言葉の意味するものが、例えば、仕事と自由時間が一つになり、充実した一体性が実現されることであってもよいだろう。出世や享楽のかわりに、なりたい自分になることや喜びといった選択肢であってもよいだろう。トレンドを追い求めるのではなく、自分自信の能力や才能やリズムや（身体的・精神的・心的な）欲求をじっくり考えてみること。さまざまな活動のパッチワークになってしまうかもしれない。だがそれもいい。郵便局でパートタイムの仕事をしている人もいれば、芸術に関するテクストをフランス語や英語からドイツ語に翻訳している人もいる。そして、ポートレート写真をとる趣味にふける。その微笑みから満足していることがわかる。目で微笑むことができるのは、「自分の人生の主人公」である人だけである。

内面の声が自分に語りかけてきたとき、さらに上を目指すことをやめる若い人たちを、私は何人か知っている。そういった人たちは腕時計をせず、会話や食事のために時間をたっぷりとり、仕事の合理化や景気上昇の話などしない。しかし、人生の数多くの大切なことに関心を抱いている。活発かつ沈着に。彼らには感激や社会への積極的参与、好奇心、そして優雅さがある。ここで私がいっているのは優雅さ、固まって身動きが取れなくなるのではなく自由に動けること、あるいはある種の野心である。それはまっしぐらに目標を目指して突き進む野心ではなく、悠然と目標に近づいていく野心である。

そこで頭に浮かぶのはエドゥアルト・メーリケの真に悠然とした詩である。この詩は悠然とした人たちに対する敬意を捧げている。

三人のホーライたちのいる時計への碑文

神々のうちでも私たちは最もゆっくりと歩む
木の葉の冠を美しく戴き、寡黙な私たち。
だが私たちを讃える人、私たち自らが微笑みかける人
それはその人が優雅さを愛し、神聖な寸法を愛するからだが
そのような人の目には私たちの軽やかな舞いが浮かんでいる
そしてさまざまなかたちでその人に長い一日を授ける。

優雅さ、それは「軽やかな舞い」とも通じるものだが、急き立てられることとは反対のものだ。ちょうど「神聖な寸法」が、グローバル社会のなかで旗印として掲げられてきた過剰、加速、陶酔と対置されるように。メーリケの詩は遥か遠い彼方の時代から手招きしているかのようだ。だが、そのリズムに身をゆだねるとき、詩は魔法のようなはたらきを生みだす。読んでいるそのとき、詩は心を落

ち着かせる。息づかいはゆったりとし、呼吸が整う。漂うような軽やかさの感情が生まれる。なにも不思議なことではない。ホーライと呼ばれる古代ギリシアの女神たち、それは数の上でも三人の女神なのだが、彼女たちは最も大切な価値を体現しているからである。エウノミアーは法と秩序を表わし、ディケーは正義を、そしてエイレーネーは平和を表わしている。これらの価値は、ストレスや市場のヒステリーや競争の支配下にはない。たとえこれらの価値を実現することがきわめて難しいことであったとしても。テイク・ユア・タイム。ホーライたちはそう語りかけている。存在の重みが真摯なものとして受け止められているのであれば、「テイク・イット・イージー」とほぼ結びついていると思ってよい（表面的にサーフィンするだけの人にとっては、重さも優雅さもない）。

B……に住んでいる若い農夫はまるで会社の重役のように一日十六時間の仕事をこなしている。といっても、冷暖房完備のオフィスにいるわけではなく、厩舎と草原のあいだ、住居とアルペンの牧草地のあいだを絶え間なく動きまわっている。彼が草を刈ったり、羊を小屋に追い込んだり、牛の群れを見ていたり、木を切り倒したり、歩いたりトラクターに乗っていたりするのが見える。いつも上機嫌で、よく子どもと一緒に手をつないでいる。兄弟たちは父親の農場を継ぐことを望まなかった。一人は役場の書記となり、もう一人は電気技師になった。R……だけが農場で働こうと決心した。彼からは満足感が輝き出ている。誰も余計な口出しをすることがない。彼は大半の時間を新鮮な空気のなか、まったく損なわれていない自然のなかで過ごしている。彼はスイスの山のなかでスコットランド高原牛の飼育家として成功し、五人家族で住んでいる家をうまく改築することもできた。ストレス症候群、パニックの発作、不眠など彼にはない。彼は自分の生活を牧歌的なものだと思っているわけではないが、正しい生活だと思っている。そうではない生活など彼には想像もできないだろう。

B……には規則正しい村の日常生活がある。鐘がいつ鳴るか、店や酒場や酪農場に行く時間はいつか、みんな知っている。泉のところでおしゃべりするのは女たちで、洞窟の石のテーブルでワインを飲むのは男たちだ。夜十時になると村は沈黙する。ただあちらこちらでテレビの光が窓辺に光っているだけ。日曜日はただぶらぶらと過ごし、祝日は愉快に楽しむ。ちょっと出かけて、楽隊の音楽が加わると踊り出さずにはいられない。生活のリズムは確固としており、教会の典礼もしっかりと根づいている。ただ、仕事のためにはどうしても出ていかなければならない。行き来して暮らすものもいれば、都会に引っ越すものもいる。しかし、彼らはいつも戻ってくる。この場所が彼らを離さないのだ。そして、歳をとりたいと思う場所もこの村だけだ。マロニエの林のなかを歩いたり、ボッチャの玉を転がしたり、いろいろな話をしたいと思うのもそう。そして急ぐことなどなにもない。大きな世界の片隅で小さな世界が小さな旗をできるだけまっすぐにかかげ、けなげにアルファベットの文字を書きつけている。その一方で、グローバル化の亡霊が知らないうちに部屋の内側に入り込み、村のボスで裕福な家具職人の男はもういっぱしの管理職のような顔でこのあたりを牛耳っている。確かにそうだ、B……でもまた断裂が生じつつある。いろいろな習慣や異なった世代のあいだにいつの間にか軋轢が生まれている。R……は村でほとんど最後の農夫だ。この先どうなるかははっきりしない。だが、古い石造りの家にまなざしを向け、木が生い茂った斜面を見上げるとき、そういった問いも沈黙する。

三、自然（何もしないこと）

3.
Natur
(Nichtstun)

人間の性格について、ニーチェが「瞑想的な要素を多いに強化」すべきだという要請を掲げるとき、彼は、ゲーテのもとにつながることを求めていた。「われわれはみなゲーテとともに、現代人の心を宥めてくれる偉大な手だてを自然のうちに認めている」（「宗教的生活」、『人間的な、あまりに人間的なI』）。ここで「自然」という言葉が意味しているのは、信頼できるもの、存続してゆくもの、自分自身で再生してゆくものである。一言でいえば、ファウスト的「悪魔的な速さ《ヴエロツイフアー》」とは対立する世界だ。行動型の人間はそういった世界にもしつこく迫るだろうということは、当のゲーテも意識していた。

現代人が自然という言葉を聞いて連想するものは何か。一方では破壊、搾取、汚染であろうし、他方では緑のオアシス、保護区、保養地、休暇を楽しむパラダイスといったところか。いずれにせよ、自然はかなりの程度、飼い馴らされ、管理され、商業化されたものとなっている。

自然が畏敬の念を与えるとすれば、大きな自然災害を引き起こすときにほぼ限られるかもしれない。それでもなお、われわれの内なるロマン主義者は、その残された自然のうちに慰めや憩いといった「手つかずの自然」を求める。そのような自然は、ロマン主義を求める心にとって慌しい日常の埋め合わせをするものとなり、調和的な美の感情を与えるものになる、というわけだ。観光産業の広告がさかんに宣伝し、ありきたりの文句でこれがハイライトであると喧伝されているものは、そのような憧れの心を拠り所としている。

しかし、それらがただの幻影にすぎない、ということはすぐにわかってしまう。カリブ海の砂浜が望んでいるのは征服されることではなく、「読まれる」ことである。私がたとえ静かな森に果敢に呼びかけたとしても、耳にするのは森の声ではなく、私の声だけだ。

ゲーテにならっていえば、自然が瞑想性を教えてくれるためには、私は自然を主体として感じ取らなければならない。客体に格下げされ、スポーツイベントや息抜きの休暇のための単なる舞台装置となってしまうとき、自然がわれわれに語りかけることはない。自然の豊かさが私に明かされるとすれば、それは私が視覚や嗅覚や触覚を通じて自然のなかへと巻き込まれていくことによって、自然に語りかけてもらうだけの時間をゆったりととっているときに限られる。私の「読む」という行為は、開かれていること、感情移入すること、さらに忍耐力や驚くことができる力を前提としている。

驚くことはそこにあるものを感じ取ることから始まる。インゲル・クリステンセンの偉大な創造の詩『アルファベット』（一九八一年）は、そのような驚きを示している。

杏の木〔aprikosenbäume〕がある。杏の木がある。

シダがある。ブラックベリー〔brombeeren〕がある、ブラックベリーが。
そして臭素〔brom〕がある。そして水素がある、水素が。

セミがいる。チコリ、クローム〔chrom〕、
そしてレモンの木がある。セミがいる。
セミ、ヒマラヤスギ、イトスギ、小脳〔cerebellum〕が。

〔……〕

アオサギ〔fischreiher〕がいる、あの青褐色の丸まった
背中をもつアオサギが、黒い頭冠〔federschopf〕をもつ
そして明るい尾羽をもつアオサギが。群落《コロニー》に
それがいる。いわゆる旧世界に。
魚たち〔fische〕もいる。そしてミサゴ〔fischadler〕、ライチョウ、
タカ〔falken〕が。そしてノハラツメクサや羊たちのさまざまな色が。

核分裂生成物がある、そしてイチジクの木〔feigenbaum〕がある。
間違い〔fehler〕がある、ひどい間違い、組織的な間違い、
偶然の間違いが。遠隔操作〔fernlenkung〕がある、そして鳥たちが。
そして果樹がある、そして果樹園の果実が、そこには
杏の木がある、杏の木がある、
さまざまな国に、そこでは暖かさが肉の中の色をそのまま
作り出すことになり杏の果実は……★

一つの詩からなるこの書物は延々と列挙を続けてゆく。そうしながら詩はアルファベットの文字ごとにますます複雑になる（ちょうど、すべての項がそれに先行する二つの項の和になるフィボナッチ数列にしたがっているように★）。読者の眼前で自然と人間の形成物である世界が展開し、時間と歴史がここに加わってくる。最後に叙情的自我も特別な知覚と記憶をたずさえて現われる。しかしながら、そういったことが頭に浮かんでくるわけではない。さまざまな現象を言葉としてあげていく

ことが最も重要なことであり続けている。落ち着いたリズム、そして尊厳と厳粛な気持ちをもちながら、クリステンセンは存在するものを指し示す。それがうつろいゆくものであることを意識しながら。死の想念がこの「創造の物語」の下地となっている。だが、不安は感じられない。まるで宇宙に行きわたる力を信頼しているかのように。それは最も小さなものに現われる、時間と空間を超越する力である。

ほら、澄んだ水の泉が
流れ出している、小さくなって
ふたたび山に登ってゆく
そして底なしのバラが
湿地帯のなかに隠れている
失うことのない花粉をたくわえて
無限のうちに

そこでバラは同じ種類の文字で清書される
流れる雲によって書かれるのと同じ文字
始祖鳥が石に書きつけるのと同じ文字で
眩暈を引き起こすような空の青さの純粋な
無限へと
無限へと横切ってゆきながら……

クリステンセンの敬意の念に満ちた自然観は、貪欲な自然所有に警告を与えるものであり、その瞑想的な性格を通じて、自然そのもののもつ、心を落ち着かせる働きを少しばかり伝えてくれる。それは触媒としての詩・文学《ポエジー》である。近代技術と加速によって脱魔術化された世界を再び魔術のように魅了する媒質としての詩・文学。

ペーター・ハントケもまた深い思慮と尊敬の念をもって自然に近づく。だが、つねに観察する自我の視点から近づく。その自我は、自然のうちに、また自然の力によって、神聖なものの顕現《エピファニー》を経験する。触媒としての自然、何かを呼び覚ます試みとしての、そのような自然を描き出すテクスト。詩集『だれもいない入江での一年』のなかの叙事詩的な「新しい時代のメルヒェン」には次のような魅惑的な箇所がある。

まるでそこが森の中心だという徴《しるし》のように、その場所では、私がこれまで行ったことのあるどの場所ともちがって、水の輝きはもはやなかった。よくある小さな沼さえないし、溝のようなものもない。砂は、入江の他の場所だとそうなのだけれど、路上に盛り上げられているわけではなく、地下からやってきたもので、薄い腐葉土の層を突き破り、塵のように細かい。その砂は遠く広がる砂丘の砂だった。砂丘もまた斜面の内側のうちにその姿をありのままにさらしている。斜面のところはもっと固い粘土質で、木の根が縦横無尽にはりめぐらされ、ところどころには穴が開いている。それは、まるで古代の都市から出てくるかのように、私の眼の前で大量にするりと抜け出しぎごちない足取りで進みながら飛び立ってゆくヒメハナバチのものだった。――道はまっすぐにのびていたが、こぶやへこみが絶えず続き、はるか遠方で消えていた。そこにはすでに車のヘッドライトの光がかすかに見える。といっても、私の靴の先と同じように、湾曲した枝の影の模様があるだけなのだけれど。砂の色は、道の場所に応じて変化してゆき、黄土色から灰色へ、墨のような黒から海岸の白や赤いレンガ色、荒地の茶色へと変わっていった。それらの色彩は、歩いている場所ごとに、はっきりと分けられているように思われた。そして、そのどの色についてもそれに応じた生き物が姿を現わした。特別な砂からそれに対応する生き物が出てくるように。――明るい黄色からはヤマキチョウが飛び立っていった。灰褐色のところは、今ちょうど生まれ出てきたばかりのような同じ灰褐色のトカゲによって生き生きとしたものとなっているように思われた。そのトカゲたちは、この森のなかへと続いている郊外の町の紋章と対応するかのように三匹だった。そして道の色が突然黒くなるところでは、それに合わせるように一羽の巨大な鴉が道を歩き、光を放っていた。そのこまめに取り繕う様子はある鴨のことを思い出させ、そしてその輝きは私の逃げていった妻のことを……

クリステンセンが現在形によって列挙し、一般的なものを特殊なものの上位に置いてゆくのに対して、ハントケは、過去形という語りの時称をとることにより、一人称の主人公の特別な自然との出会いを語ってゆく。ハントケは彼をとりまくもののうちにあまりにも細やかに入り込んでゆき、自分自身がそこから身を引くということはない。あらゆるものがそのまわりを旋回する〈瞬間〉は、あきらかに〈私〉という知覚の演出の支配下に置かれている。だが、〈瞬間〉がそのように満たされたものとなっているのは、〈私〉と〈自然〉とのあいだの「浸透」のおかげなのである。つまりそれは、何層にも重なった一致の感情、徴《しるし》というかたちをとる万物照応の感情である。

ハントケにおいて幸福に包まれた濃密な瞬間へと流れ込んでいるのはつねに、ゆっくりとした互いに絡み合っているいくつもの道である。インガ・クリステンセンの壮大な世界のアルファベットと同じように、ハントケの叙事詩はある全体性を目指しているが、それはまた川の流れにも似て蛇行しながら、徐々にテンポを緩めつつあちこちに逸れていったり、辛抱強くじっと何かに目を向けたりする。そして、特有のリズムや事物に対する眼差しを生み出す歩みもまた、そこではたっぷりと取り上げられている。歩くことは何もしないということではない。しかしまた仕事でもない。それは探索へといたる遊牧的な動きである。「あなたたちがそれぞれのことがらを区別できるようになるまで、ずっと進んでゆくのだ。世界がふたたびあなたたちのものとなるほどにゆっくりと、世界はあなたたちのものではないということがわかるほどにゆっくりと進んでゆくのだ」✶（『村々を越えて』）。探索の器官となるのは二つの目であり、さらには二つの足である。そこでは地面に触れるときに生じる身体的感覚に、独特の認識上の価値が与えられている。自分の足で歩く者は摩擦や抵抗を感じ取り、また一歩進むごとに自分の体重を感じ取る。もちろん自分の年齢も。ミラン・クンデラは彼の小説『緩やかさ』のなかでこう書いている。「人間が速さという力を機械に移し換えるとき、すべては変わる。その瞬間から人間の身体はかかわりをもたなくなり、非身体的で非物質的な速さとでもいうようなものに奉仕することになる。それは純粋な速さである……★」

ハントケの主人公たちは、著者自身と同じように、ゆっくりとしていること、重さ、風景を愛している。彼らはスロヴェニアやスペインのいろいろな地域を歩き回り、さまざまな森やさまざまな街の周縁地帯をさまよい歩く。そこでは自然と文明が互いに浸透しあっている。つねに出発と到着のはざまにあり、つねに落ち着きと堅固さを求める途上にある。定着を求める途上でもあるだろうか？　それもあるだろう。しかしそれはどのようにして、どこに求められるだろうか。

ここでアダルベルト・シュティフターにフラッシュバック。彼は死の一年前、出生地のオーバープランを訪れ、両親の家で（断片として残されることになった）自伝的作品『わが生涯』を書いた。このテクストは、現実と回想を探り出し、その両者を互いに関連づけることによって、場所の確定を目指している。そこには、「われわれは芸術作品において佇むという行為の特別なありかたを学ぶ★」（『美のアクチュアリティ』）というハンス＝ゲオルク・ガーダマーの格言的な言葉が言い表わしているような、ある稀少な美的忍耐がある。

この窓辺の台に腰掛けて、私は外で起こっていることを目にすることもあった。そして次のような言葉をよく口にしていた。「シュヴァルツバッハに行く人だ、シュヴァルツバッハに馬車で行く人だ、シュヴァルツバッハに行く女の人だ、シュヴァルツバッハに行く犬だ、シュヴァルツバッハに行くガチョウだ」。私はこの窓辺の台の上に何枚かの板を長さの順番に並べることもあった。そして横板も使ってそれらを束ねて「シュヴァルツバッハを作っているよ！」ということもあった。私の記憶のなかでは、窓から見えていたのは夏そのものだった。冬を思い描くことなど、当時の私の想像力ではとてもできないことだったのである。✶

シュティフターの描く、子どもとなった「私」は、ちょうど今日の子どもたちがテレビを見るように、窓から通りを眺めている。その「私」が現実のできごとをとらえていて、それをあとから遊びのなかでもう一度配置し直すというところが大きな違いである。信頼を置くことができる場所であった窓辺の台は、そこであらゆる遊びの前提となっている。彼が確固としてそこにいるということによってはじめて、戯れに満ちた気分の移り変わりのもつ軽やかさ、そしてそれとともに、自分自身を探し出す冒険が生まれる。

それによって探し出したものは今日でもなお当てはまる。あるいは今日ようやく正当に当てはまるものとなっている。急激な変化、民主的な平準化、コミュニケーションにおけるユビキタスの支配する時代では、確固としたものが必要となる。そしてまた、加速化とシミュレーションに対する決然とした否定も。私は肘掛椅子に腰掛けている。私は何もしない。私はいる。私は自分の体重、自分の手足の重さ、私の周りの静けさを感じとる。小さな蚊が椅子の肘のところにとまっているのが見える。窓辺の台は白い。いまこの時《とき》だ（直接的存在のリアルタイム、この世界のどこか、あるいはどこにもないような、双方向的メディアでの「リアルタイム」などではなく）。

（時となる。）

（何もしない。）

夜以外の何もない。

――――

（息をする）

（オスヴァルト・エガー）★

三、自然（何もしないこと）

四、速さ（限界）

4.
Geschwindigkeit (Grenze)

速さは二十世紀を標榜する徴《しるし》となってしまった。それを構成するアルファベットのうちには、技術的・文化的・記号的な意味での加速、ターボ資本主義、ハイスピード・テクノロジー、総動員と疾走する静止状態、圧倒的モータリゼーションとスピード狂、同時化、クイックタイムとテレプレゼンスといったものがあげられる。成功と体験の増大は、速さとしっかり結びついているように見える。われわれの日常生活は、特急軽食、特急クリーニング、特急修理、特急便としっかり手を取りあっているようだ。コンピューターは高性能エンジン、速度を作り出す機械そのものとなっている。飛行機や高速鉄道、ニュース・ネットワークや情報フロー、生産マネージメントや医療テクノロジーはコンピューターによって制御されている。そしてまた、デジタル・ストップウォッチが高速のスポーツ競技の選手の記録を千分の一秒単位で計測し、高速カメラの動作を最善のものにしようとする。

速さはどうやら伝染するばかりではない。すでに自己目的的な性格をほぼ手中にしている。そしてさらなる加速を求めている。成長の限界、あるいはその他の限界について知りたいと思う人はいない。そういった限界は、現在のターボ経済の歯止めの効かない圧倒的膨張の要求とは相容れないものなのである。しかし、崩壊と内破の兆しが現われる前に、過剰な速度が蔓延していることへの警告に対して注意を向けるべきだろう。例えばそれは、暴走によって引き起こされた交通死亡事故（フランスの高速道路には「速さ？　それとも命？」という簡潔明瞭な標語が掲げられている）であったり、大気圏内の排気ガスであったり、渋滞によって動かなくなった道路であったり、身体的・精神的なストレス症状（「急ぎ病」「加速症」「圧縮疲労」）であったり、生産の加速度的オートメーション化によって生み出された失業状態であったり、「情報爆弾」（ポール・ヴィリリオ★）であったりする。ヴィリリオのいう「情報爆弾」が人間のうちに与えるヴァーチャル効果は、リアルなものに対する感覚、とりわけ苦しみや暴力の現実に対する感覚をも圧殺してしまう。

警告を発する声はすでに存在するし、ソフトなトレンドの変化を宣伝するものもいろいろある。『スロー・ダウン・ユア・ライフ』や『世界のテンポ』といったタイトルのアドバイス的実用書もあれば、ゆっくりすることの再発見のためのインターネット・サイト『時間遅滞協会』（www.zeitverein.com）や『ナマケモノ・クラブ』（www.slothclub.or.）、あるいは『スローライフ』（www.slow-life.net）といったものもある。『スローシティーズ』（www.cittaslow.net）や『スローフード』（www.slowfood.de）のようなサイトもてはやされていて、巧妙なマーケティング戦略を追求している。交通に落ち着きがあり、環境に配慮した施策をおこなう（イタリアやその他の）小都市では、「急がば回れ」も一般的であるし、「ゆっくりとした」地方の食堂では健康的な、オーガニック生産物による料理を楽しむ雰囲気もある。それで結構。こういったコンセプトは、その商業主義的な観点を越えて、ヴィリリオが「知覚の新しい倫理」と言い表わしているものに相応する。ここで大切なことはリアルな「いまここで」を大切にする気持ちである。言い換えればそれは、人間のことを考えた都市構想であり、私たちの生活環境の質（およびその特別な重み）であり、肉体的な近さや経験であり、責任を十分にともなう目撃者としての資質を備えた見る技術であり、触覚的なものや「皮膚のパースペクティブ」（「データスーツ」や「電子的拘束衣」を身につける代償をはらうことになるが）の価値を高めることであり、リアルな快楽（サイバー・セックスではなく）であり、直接的な知覚器官による印象や感覚（ヴァーチャルな魅力の洪水ではなく）であり、「グローバル・ヴィレッジ」のなかの空間と時間の深化した次元を再び取り戻すことである。

ヴィリリオの要請は切迫したものである。しかし、それは抵抗をともなう現実を仮想的現実の拘束力のない軽さで置き換えたがる人たちの抵抗にあう（イージー、ライト、クイックといった言葉が流行るのも無理はない）。リアルな摩擦面が減るほど、あてにされる（快楽の）獲得もそれだけ多くなる。速度が陶酔的な効果を与えるのは、それが非物質的な感覚を生み出すからである（ジャコモ・レオパルディは『ジバルドーネ』★のなかで、馬の早駆けによってもたらされるという「無限についての想像」という言葉を使っている。一八二一年のことだ。今日であれば彼は加速の神秘家となりえていただろうか）。リアルタイムのもつ限界のない状態は、同じように吸引力をもつ感触を与える。それはヴィリリオが警告しているような、われわれの運命に関わる誘惑の吸引力である。「リアルタイムのテクノロジーは、現在をその〈いまここで〉から引き離してしまうことによって〈現在〉を殺してしまう。そうするのはコミュニケーションのなかでの〈どこか別の場所〉のためであるが、それはこの世界におけるわれわれの具体的な〈現在〉とはもはや何の関わりもないものであり、かろうじて完全に謎めいた秘密のテレプレゼンスと関わっているにすぎない★」

次のような日常的な場面を考えてみよう。夜になってもコンピューターから離れようとしないフリークがいて、妻は二人での会話と楽しく一緒にいる時間を虚しく待っている。そのうちいつか彼らは二人でテレビの前に並んですわるのだが、次々とザッピングしていくだけ。イタリアの散歩道では、二人で並んで歩く人たちのあいだに会話などほとんどない。歩行者たちはそれぞれ、一生懸命身振り手振りを交えながら、自分の携帯電話に向かって大声で叫んでいる。「コミュニケーションのなかでの〈どこか別の場所〉」に出かけている、移りゆくだけの単なるモナドと化している。インターネットカフェでは利用者たちがなかよく並んで自分のモニターの前に腰掛け、取り憑かれたようにじっと画面のまたたきを見つめている。彼らは自分の隣の人たちを仕切り壁越しにのぞいてみようともしない。彼らの孤独――自閉症といってもよいだろうか？――は完全であり、何時間でもチャットし続けることもありうる。チャットはしばしば匿名であり、つねに素早く、つねに義務をともなわないものだ。自己満足的な電子的スモール・トーク。ときおり楽しませてくれる吹き出し。それ以上はない。視線を向けると、そこには同時性に生きる芸人たちがいる。右手にフォーク、左手に携帯。そしていくつかの指示の言葉を物言わぬ携帯にささやきかけている。あるいは、ウォーキングや自動車の運転をしながら、ビジネスの会話をしている。あるいは、フライパンのなかをかきまぜながら電話し、ラジオの音楽を聴いている。あるいは、ガールフレンドを撫でながら、電波経由で母親に悪態をつき、その背後でテレビを見ている。そういったことができるのは、拡散された（あるいは気を散らされた）注意力のおかげなのだが、そのような注意力は対象を漂うように、サーフィンするように表面に触れ、一般的にすばやく逃げ去ってしまうようなものでしかない。

速度の時代にあっては、焦点を合わせたまま集中していることは難しい。集中した状態はいわば解消してゆき、ぼんやりした状態に甘んじるしかなくなる。視覚的なコマーシャルはそれをたくみに利用している。その一方で、とりわけ映画、ヴィデオ、演劇といった芸術分野はそこから美的収益をおさめる。フランク・カストルフ★の演出は、急激なテンポ、またヴィデオという媒体によって視点の補完がはかられる複合的進行をとても重視している。けたたましい感覚の映像演出や動きの演出は、最新の視覚に慣れた人にとっても神経を酷使するものであり、西側の日常におけるハイプをも「ヒステリー的状態」にさせる。高揚、パワーアップ、「見出し化」、大騒ぎ――これらがスローガンとして掲げられる。ポルノグラフィーのようにも見えるカストルフの演劇が示しているのは、個々人が自分自身の作り出したものの犠牲者にまさになろうとしているということである。「彼はメディアの亡霊たちにとりつかれ、我が物顔のその亡霊たちに取り囲まれている。彼は、スキャンされ、ピクセル化され、断片化され、クローンによって作り出された、市場と生命科学の奴隷である」★（ペーター・キュメル）。いくつものカメラやスクリーン、モニターのただなかにあって、カストルフの登場人物たちは互いにコミュニケーションをしているのではなく、舞台の前や後ろに置かれているメディアの模範像や残像とコミュニケーションをしているのだ。そこでもてはやされているのはゴミくずであり、欲望の解放であり、冷たい狂乱である。誰もがそこでは自分の一番大切なものまで差し出すが、一番内面にあるものを感じ取っている人はいない。「この内面の生というものが、いまではもはやまったく存在していないのではないかという、われわれの時代を包括する疑念」（ペーター・キュメル）をカストルフがあたかも演出しているかのようである。

傾聴に値するコメントである。しかしこれが真実をすべて代弁しているわけではない。カストルフと正反対の位置にあるのは、少なくとも同じくらい成功している演出家クリストフ・マルターラー★である。彼が全面的に信頼を寄せるのはまったく反対の価値、すなわち感情移入すること、ゆっくりとしていること、読むことができること、ユーモアである。マルターラーの「エロティックな演劇」は、暴力やメディアをもちいたり、メディアをかき集めたりすることをまったく必要としない。そこではけたたましい感覚やありきたりのゴミくずに取り入ることもない。そっと小さな声で歌いたっぷりと眠る。一人でいること、眠くなっていることが舞台の上でおおっぴらに示される。観客はほっと息をつく。人間的な感情の動き、落ち着いたリズム、心に届く音楽、奇抜なウィット。覗き見趣味ではなく、感じ取るということが、あるいはショックに固まってしまうのではなく、メランコリックな笑いが、ここでようやく大切なものとされている。広告の馬鹿騒ぎも一切なければ、その他の誘惑のためのテンポの速いギャグもまったくない。シューベルトの「美しい水車小屋の娘」がその魅惑的な力を発揮するとき、それに対抗する現代の音調が混じることはない。とはいえ、ノンシャランスが許されている限りにおいて、寝転がったり壁に向かったりして歌っていいわけではない。とりわけ、パトスと嘘がマルターラーにおいて何も探し出せないとすれば。

五、文字（眠り）

5. Schrift (Schlaf)

「文字、この記号が行のかたちをとり連なっていくものによって、そこではじめて歴史意識が可能となる。行のかたちで書いていくときにはじめて、論理的に思考し、計算し、批判的意識をもち、学問をおこない、哲学的思考を働かせることができる。そして、それに対応した行動をとることができる。それ以前はぐるぐると円を描いている。行を連ねて長く書いていくほど、それだけ歴史的に思考し行動することが可能となる。書く行為のもつ身振りが歴史的な意識を呼び起こす。その歴史意識はさらに書き続けられていくことによっていっそう強められ、深められていく。そして、書くという行為をいっそう強め、密度の高いものにしてゆく★」（ヴィレム・フルッサー）

文字のもつ線状性が歴史、それとともに深化された次元を生み出してゆくのに対して、個々の記号としての画像はシグナルの性格をもっている。画像には明示的特質とすばやくデコードできるという性質がある。画像のシークエンスがあってはじめて一種のシンタックスや意味の座標系が可能となる。今日の画像の氾濫が生み出しているものは、たいてい命令の性格（要請、命令、禁止のあいだのどこか）をもっている。記号の森はますます深まるばかりだ。

文字はゆっくりとしており、高度な複合的特質を備えている。文字が最も複雑なかたちで現れるのは詩である。詩は、単なる模倣をはるかに越えたところで、言葉を創造する働きをもち、規則をくつがえし、明示的ではないもの／多義的なもののなかで自分自身に到達する。

「詩人はわれわれの感覚器官である」とヴィレム・フルッサーは書いている。もう少し補うと、詩は知覚が拡張された領域であるといってもよいだろう。あるいはヨシフ・ブロツキーの言葉を借りればこうもいえる。「詩は予測不可能なものの芸術である」。このような予測不可能なものにあっては、コンピュータープログラムはみじめにも挫折せざるをえない。たとえすでにさまざまな手をやりつくしていたとしても。

詩を書くということは、知恵の回る人間がいろいろと迂回路や複雑な障害物を考え出すようなスポーツではない。詩を読むこともまた、あれこれと頭を使って謎解きをするといったスポーツ感覚のものではない。一つの詩は、秩序と非・秩序のあいだ、自由と強制のあいだの緊張に満ちた領域を動き、詩人は自らおこなうこととなるにまかせることのあいだ、能動と受動とのあいだの緊張関係のなかを動いてゆく。そのためには時間が必要となる。それは活発な忍耐力なしには手にすることができないものである。

抒情詩人ペーター・ウォーターハウスは、彼の詩「手であるものについて、そして手のなかにあるものについて」で、読者自身の手を取り、文の蛇行が作り出す瞑想のうちに、そして繊細な言葉遊びのただなかで、同じく繊細な感覚のできごとへと導いてくれる。

木片を一つ手にとっていう。
私と祝祭日。偉大さが
腕の端で確信に満ち保たれた個々のものへと変容していくことは
まれだ。なぜか?

まれだ。

手はまれではない。だが手がその揺るぎなさの
別のものに向かって開かれることは
まれだ。五本の指のなかでそれらの指は
祝祭日を感じている。木でできていて、重さのあるもの、名づけることの
　できないもの
個々の世界を作り出しながら。私たちは注意深い手の中で
個々の祝祭日を祝う。

個々の祝祭日。

ゆっくりと。ゆっくりなのは何か？　樹々のなかで木でできているものはゆったりとふるまう。個々のもの、個々のものからそれは離れてゆくもっと高いところで個々のものは。並木のなかで長い間ためらっていた。私たちは息をたっぷりととって散歩するのを好む長いためらいのなかを。

私たちのまわりではそれはまれになってしまった。それは悲しい。私たちには大きな問いがある。私たちはその問いを立てることはしないだろう。私たちは立てることはしない、私たちは行く。私たちを確信に満ちた森として立てる下のほうで数多くの歩みを。こういってもよいだろう、個々の歩み？
いまだにすべてのものは木だ。私たちは個々の祝祭日を手に取る。

木。★

ここでは何が起こっているのだろうか。見たところほとんど何も起こっていない。それにもかかわらず、そこにはためらいがちな探索が続いている。それは身体的な活動だけでなく、言葉の活動にもかかわるものである。主体は客体とどのようにかかわり、手は木と、言葉はそれが描き出すものとどのようにかかわっているだろうか。われわれの眼差しは狭いところに追いやられると同時に、広いところにも向けられる。個々のものから自らの歩みの森へと。ウォーターハウスが実践しているのは自然へと向けられた知覚の美学（いや倫理学）である。それはメタファーのなかで完成する。「私たちは個々の祝祭日を手に取る」
詩の言葉の思考の動きを追ってゆくのは魅惑的なことだ。その動きは、逆説的ではあるが、自らのうちで旋回し、しかしそれと同時に、自らを越えてその外を指し示す。詩によって与えられる付加価値はつねに認識の付加価値でもある。オスカール・パスティオールの軽やかに戯れながら的確に描き出す詩「私の眠りについて」が次のように示しているように。

かつて、私が眠りにつくときには、眠りがやってきた。いまでは、眠りがやってくるとき、私はすでに深い眠りについている。眠りはその頃はあとからやってきた。いま私はその前に眠りについている。深い眠りについているとき、眠りはそのあとやってくるのだが、私をもう一度目覚めさせるずっと深い眠りについたままになる前に。昔はこうだ、私は眠りについていた、そして眠りがやってきた。私が目を

覚ましたときにはいつも
眠りはもういなくなってしまっていた。落ち着きのない客だ。
いま彼はもう少し落ち着いてやってきてそしていなくなる、私が

眠っているときに。ときおり、彼は突然やってくる、私が
目覚めていると。すると私は目覚めて目にする、彼がそこに
いるのを。眠りは私の頭のなかを通ってやってくる。それは

いまでも。彼がいなくなるまで、私は眠りにつくことはできない。
そうすると彼はきっとやってくるだろう。いまではちがう
むかしとは。彼はやってきていなくなる。私は目覚めていてそして

眠っている。多くのものが私の頭のなかを過ぎてゆく、頭は
むかしとはちがって眠りとはますます似ていないものに

なる。頭も同じようにやってきていなくなり、同じように私を目覚めさせる、ときおり。私はそのとき考えながら頭が眠っているのを目にする、眠りがやってくるまでのあいだ。この心を落ち着かせなくする落ち着きが。それは眠りなど知らない、たとえ私が目覚めているとしても。★

オスカール・パスティオールがこのように詩によって切り詰めた表現でおこなっているほど、眠りや不眠や、その他諸々の目覚めていることと目覚めていないこととのあいだの状態の術策について見事に言い表わしているものを思い浮かべることは難しい。詩は逆説的に細かく振動し、眠りそのものが立役者になるということ、「私」やその（自立した）「頭」と同じように登場人物になるということによってはっきりとしたイメージをとる。そのようにして、いくつもの役割が絶えず入れ替わる複雑な相互作用が生まれる。

眠りを文学によって扱うというのはやさしいことではない。子守唄に類するようなものは山ほどあるけれど、眠りそのもの――受動性と「不在」を最も集約的に表わすもの――は関心を惹かないらしい。これは眠りが生み出す夢とは事情が異なる。一方、眠っている人を描くことは、美術がことさら執着するテーマの一つである。リラックスし、淫らともいえるポーズをとり、幸せに夢見る表情を浮かべながら眠る人。特別な様態の静物画である。

眠っている人は「ビジネス・アズ・ユージュアル」から解き放たれている。自分自身でいることができ、自分の頭をスリープモードにしている人だ。いつもは目覚めて活動している脳も、それ自身のもつシナリオにしたがう。息は浅い。眠りは横になっている姿勢を求める。そのとき手足は、信頼に満ちてベッドに横たわり、緩むことができる。解き放つことを求めるものは、信頼を必要とする。そして時間を。

「私たちは眠らない」。カトリン・レグラの小説では、仕事中毒になったマネージャーたちがそう語る。彼らのアドレナリンレベルはアンフェタミンがなくても最高値にある。ハイな状態になる、それがあくせくと働く人たちのスローガンであり、応援メッセージである。疲労状態にはもう慣れきっている。「知覚障害がいくつか」や「心理的不協和」や「認知的不協和」などにも。そこでは、自分自身が自己搾取されることに彼らがどれほど取り憑かれてしまっているかがひたすら示されている。病的な状態。

眠ることを時間の浪費だと考えて低く見る人は、業績の支配、速度の支配の陥穽に完全に陥っている。そしてまた、「休養」といわれているものも「効率性のために」大目に見られているにすぎない。業績とリスクを楽しむスポーツで、もう一度、超アクティヴになれるようにと。

規則的に休み、リラックスし、受動的になることなど、真の生産性のための前提条件ではないといおうとしているかのように。眠りに落ちるにまかせる、それが再生のために最も効力を発揮する手立てだということを、あたかも否定するかのように。

羊を数えるという昔ながらの方法。心臓のリズムがゆったりとなるまで、目が静かな暗闇に慣れてしまうまで、眠気が柔らかい波となって自分に打ちよせてくるまで。そうしてはじめて満ち足りたものとなるまで。深淵のような深さ、天のような高さの数時間のあいだ。

この不安な気持ちさえなければ、と口にする人たちもいる。虚無に対する不安。死の兄弟である眠りに対する不安。あるいは眠れない夜の孤独に対する不安。真空恐怖が蔓延っている。そしてまた、真空恐怖を終わらせる（と思われている）あらゆるものが蔓延《はびこ》っている。騒音、何も考えない行動主義、持続的ストレス。グローバル化された業績至上社会とは、真空恐怖社会である。休息を取ることはタブー視される。休止状態にあるということは「ゼロ成長」や失敗と同一視されることになり、パニックのような感情を引き起こすのだ。同じことが静寂についても当てはまる。静寂は、停止と同じように、なんらかの事故に至るものとされる。確かにその通りだろう。自ら雄弁に呼び寄せるのでなければ、誰が静寂を真に耐えきることができるだろうか。いたるところでさまざまな仕事を性急におこなっている音がずっと続いている。確かに、交通の騒音、飛行機の騒音、建築現場の騒音、閉じることのできない耳にいやおうなく入り込み、感覚を麻痺させ「耳にタコ」★（ルートガー・リュトケハウス）を生じさせる公共空間の騒音などは、むかしから「環境問題ナンバーワン」とされている。しかし、例えば個人の室内など、静寂の可能性があるところでも、ラジオやテレビが鳴り響いている。静寂というのは難しい。

静寂というのはどれくらい静かなのだろう。静寂はセミの鳴き声（南方の灼熱の暑さの午後の時間に）を背景として、それによって強められるということはないだろうか。静寂に場所と時間さえ与えてあげれば、静寂は自ら語り始めるということはないだろうか。自分で始めさえすれば、基本的にはすべて単純なことのはずだ。何の心配もいらない。「これらのナイトランプは遠く、小さく、熱く、揺るぎなく、夜の地図のなかに書きとめられているのだろうか。さまざまな道を歩いて行くとき空は暗く広がっている。〔……〕いま私は静かだ★」（ペーター・ウォーターハウス『砂利の地図』）。

六、タイムアウト（老い）

6. Auszeit (Alter)

あえて一定の時間をとる。決められた物事の流れから外に出る。「オフになる」。そしてそれから？ そのチャンスを利用し、自分自身のリズムと欲求にしたがう。農民には時間分割《タイム・スプリッテイング》などほとんどないし、芸術家はそういったものを否定する。仕事と趣味を区別しないのと同じように。仕事と自由な時間は、「よりよく生きる術《レーベンスクンスト》」という考え方では分かち難いものとなる。この「よりよく生きる術」は、もちろん、あらゆることにコミットするというリスクのすべてを負う。そこにはまた（創造的な）失敗も含まれている。

フリークの芸術家をニューエコノミーのワーカホリックと区別するものは何だろうか。芸術家が自分で自分を律し、「自分自身に忠実」で、成功のパラメーターなど顧慮する必要のない創造的狂乱状態（時代の精神はここでも犠牲を要求するものだが）だろうか。「彼は十六時間働き続けるほうが楽しいのです。簡単にスイッチを切るというのは、できることではないのです」。こういった言葉を芸術創造にたずさわる人の口から聞くと、それはシニア・アソシエイトの口から聞くのとは別の意味で聞こえてくると思う人もいるだろう。仕事＝生活という等式は、厳密にいえば、芸術家にしか当てはまらない。芸術家は、退屈とは何かとか虚無に対する不安などほとんど知らない。それに対して、カトリン・レグラがレポートしている、あるシニア・アソシエイトの告白はひたすら荒涼とした印象を与える。「彼は休息をとったこともあり、ちゃんとタイムアウトをとったこともあるのです。彼は、それもいいのではないかと考えたのです。少しのあいだ何もしないでいる、というのは自分にも考えてみることはできるとね。子どもをちょっと育ててみるとか、ちょっと本を書いてみるとか、自分のために何か別のことをしてみるとか、それもいいのではないかと考えたのです。それで何をしたかって？　彼は何もしなかった。というのも、問題があったのです。『だってあたりまえじゃないか』。プレッシャーを感じながら一日に十四時間働くことに慣れてしまった人間は、そんなに簡単にはやめられないのです。そういう人間はそれを続けていって、このストレスがひとりでにまた生じるような状況をいつも探していくことになるのです★」。そして、最後のこのひとこと。「このタイムアウトは、彼をほとんど殺しかねないものだったのです」

タイムアウト、これはほんとうに「術《すべ》」と考えるべきものなのだろうか。日常そのものにもいろいろなタイムアウトがあるはずだ。愉しみに満ちた読書の時間、散歩をすること、リラックスして料理をすること、瞑想しながらのアイロン掛け、心静かに庭仕事をすること、ゆっくりと考えごとをする時間。そのように考えているときには思考は漂うように流れることが許されており、「私」に対してなんらかの強制（電話というかたちをとったものも含めて）が働きかけることはない。レギュラーな状態としてのタイムアウト、レギュラーにするものとしてのタイムアウト。時間の支配に対峙するものとしての自分自身の呼吸。それに対するストア派の信奉者、マルクス・アウレリウス帝の言葉が思い浮かぶ。人間はどのようなときであれ自らのうちに引きこもることができる。「自らの心のなかほど騒音から離れ、何物にも妨げられることのない場所はほかにはない★」（『自省録』）。もちろんそのときつねに前提となるのは、この心が、他のすべてに当てはまるが、あまりにも疲れ果てている状態ではないということである。

そういうわけで、自分自身の呼吸という控えめなアプローチにとどまることにしよう。成果を出すことに追われる生活に対して、自分自身のリズム、自分個人の「個別のテンポ★」（ステーン・ナドルニー）を対置しようと決心するだけでも、いまや勇気を必要とすることかもしれない。スリップアウトし、別の存在となる勇気と同じものだ。といっても私は、後者についていえば、それは自分自身でいることだと理解している。理想的肉体、理想的キャリア、理想的ライフスタイル、理想的な自由時間だとどのようなものになるかといった（マスコミによって広まっている）ガイドラインなど終わりにしよう。トレンドに取り憑かれること、自らを駆り立てるモードの支配、最新のものを何としても手にしようとすることなどもう終わりにしよう。サイクルに反して、あるいはサイクルなしに生活するのもよいではないか。あるいは単なる反抗精神ではなく、自分自身の冷静な判断が望むだけの方向転換をしてもよいではないか。群衆本能と無秩序のあいだに「自分自身の道」がある。過度の刺激という環境にあって、強制を受けることのないゾーンを手にすることができるのだ。それはエリート的で現実逃避的な考え方ではなく、ただ単に速度支配の時代において生き残るという考え方なのである。

密かに世の中に逆らって生きる練習。消費行動のためではなく、しかし目覚めた感覚であてもなく歩き回ること。建物のファサードのもつ言葉、通りを歩いている人の歩み、ガラスや金属や水に映る光の戯れに目を開くこと。草が大都市の敷石のあいだから生えている。犬同士が子どものようにじゃれ合っている。ポスターがあちこちで世界を一つずつ文字で表わしている。立ち止まること、見ること。プラタナスの並木道や三角形の公園をうろつくこと。砂利が靴底で軋む音を、黄金色の砂の音を聞くこと。そしてマンゴーのアイスキャンディをなめながら、陰鬱に光るいくつかの池のまわりを一周すること。白鳥の姿は見当たらない、ただマガモが何羽かいるだけ。そして葦のなかで夕暮れが始まる。大きな声。まだ雪は降っていない。空気はまだ新鮮でよい香りがしている。スケートボードに乗った人たちが、ものすごい速さで走り抜けてゆく。ベンチには一人のシーク教徒が腰かけ、自分の靴の先を見ている。

人は誰でも、大量の広告情報を自分のところで一瞬通りすぎさせることによって、自分自身のうちに一種の「冷たい革命」を引き起こすことができる、とミシェル・ウエルベックは書いている。「一歩横に身を引くだけで良い。〔……〕落ち着くための休憩を入れるだけ、ラジオのスイッチを切るだけ、テレビを切るだけでよい。何も買わないこと、何も買おうと思わないこと。誰かと一緒に何かをしなくなるだけでよい。〔……〕ほんの数秒、動かなくなる。言葉の最もほんとうの意味で、そうするだけでよいのだ★」

世界に対するそのような美的態度は、自分自身に対する一つの倫理的態度ともなりうるだろう。ただし、その拒否の姿勢が、別の関心と手を携えている限りにおいて。西側社会では、不思議なことに、急速に増大しつつある高齢者層がこの美学に対して（一般的に）心を閉ざしている。歳をとっていると、ゆっくりしていること、深まり、集中、タイムアウトといった能力をそれ自体としてもっているものだ。しかし、若さ、元気、不屈の行動主義を老齢にもあてがう今日の「老いの哲学」は、歳を重ねることに対して、行為能力の欠如という宣告を与える。速度や爆発的拡大や欲望が、悠然とした生き方や叡智よりも優勢になっている。老年学研究者のパウル・バルテス★によれば、われわれは「慢性的に未完成の人間の時代」に生きている。確かにその通りだ。かつては若者と老人とが互いに幸せなかたちで補いあっていたのだが、いまでは若くて未成熟なものと老いて未成熟なものがぶつかりあい、不幸な競り合いをする事態となっている。将来の見通しはなんとも怪しげな状況である。商品としての身体にスタイルが与えられる（遺伝子操作される）一方、その内的生活も一緒にデザインされている。

自然な衰退が正当なものとなってゆく時間、眠気と不完全さ。年老いた身体のなかで美しい魂のことに心をくだく時間、その魂の経験と一回性。遺伝子技術がより優れた長い命を約束するとしても、根本的な責任は依然として一人ひとりのうちにある。この唯一の生をただ一つの仕方で作り上げてゆくという責任は。ドゥー・イット・ユア・ウェイ。
ジェルジ・コンラート★は老いについての叡智に満ちた瞑想（『遊歩の勧め』）のなかで次のように記している。「何が一番よいのか。もっとゆっくりとし、瞑想へといたること」。ボラ・チョシチは、晩年の散文『税関申請』のなかでこう述べている。

私はゆっくりとすることに思いを寄せる。これは私がいまになってようやく手に入れつつあるものであり、生涯にわたってこれまであまりにも長いあいだ欠けていたものである。〔……〕もしかすると、私はオブローモフのように自分の生涯をベッドのなかで過ごすべきだったのかもしれない。あるいはマルテのように椅子に腰かけて、あるいはエストラゴンのように木の下に腰を下ろして、ほとんど動かないでいるべきだったのかもしれない。人間の状況にむしろふさわしいこのような姿勢で、私は自分の時間を過ごすべきだったのかもしれない。ほかの姿勢ではなく。そうすれば私はもっと理性的に、もっとゆっくりと自分のことに向きあっていっただろう。そうすれば私は自分の手の動きを見て取ることができただろう。人体解剖図にしか表わされない手の動き、速度を落として映写される映画の映像のなかでしか表現されない手の動きを感じ取れただろう。あくせく動いたりせず、できるだけすばやくさっと一杯飲んで、額から汗を拭うだけ。ゆっくりしようと思えばできたのに、そのようなことなどできなかったかとでもいうように。洗濯にしても、朝食にしても、そしてとりわけ、歩くことにしても。歩いていると、しばしば急ぎ足になってしまった。★

七、ゆとりの時間（メルヒェン）

7.
Muße
(**M**ärchen)

レイ・ブラッドベリのＳＦ小説『華氏四五一度』は、「ゆとりの時間」ということについていえば、とうの昔に現実のほうが小説に追いついてしまっている。ブラッドベリの描く国では、ゆとりの時間は時代遅れのものとされる。時間にゆとりがあると、人間にものを考える機会を与えるからである。その結果、人々がただそこにすわって何もしないでいるような、ロッキングチェアの置いてあるヴェランダも廃止されている。いまではそれを監査するのは全体主義的な中央権力ではなく、メディア化（グローバル化）されたターボ資本主義である。それは誰にも休息を与えず、むしろあらゆる前線で動員をかける。「ゆとりの時間（Muße）」はすでにして「仕事をしないでぶらぶらすること（Müßiggang）」、つまりは「失敗」とみなされている。いつまでも他の人と何も始められないでいる人は、無能な人間とされるのである。

しかしそれでも、これについてはもっとよく知っておく必要があるだろう。というのも、ミゲル・デ・ウナムーノによれば、ゆとりの時間がたっぷりあってぶらぶらする人間のうち、一定数の人たちは、「より高い文化の発展のために必要」だからである。あるいは別の言い方をすれば、「ぶらぶらする人間は最も活動的な人間の一人である」★。彼らの活動とはものを考えること、夢見ること、思案すること、思い出すこと、つまり、これらはすべて、人を行動に駆り立てる最も重要な力が湧き出る源泉である。これはもちろん作家だけに当てはまるわけではない。何もしないことと思われているものが行為になるということ、スローダウンが刺激（運動）になるということ、これはまさにパラドックスだ。ラテン語の otium（余暇・自由な時間）と negotium（仕事）が韻をふむということも、もしかするとまったくの偶然ではないのかもしれない。マラケシュのスークの商人が（完璧なフランス語で）通り過ぎてゆく人に、後ろからこう声をかけるのも別に不思議なことではない。「急いでいる人間はもう死んでいるよ」

ゆとりの時間、この密やかに活動をおこなうもの。それは退屈（Langeweile）、つまり長い時間（lange Weile）と同じように活動をおこなう。退屈は、このわれわれの社会、退屈しのぎ（Kurzweil）や「体験」のプランに勤しむ社会では、つねに追い払われる。★まるで重要なリソースがそこにあることを否定するかのように。「自分だけの〈私〉のうちで自分の退屈を散歩させなければいけません」ヴィルヘルム・ゲナツィーノはビュヒナー賞受賞の際の演説のなかでこう述べている。★「それは退屈が、自分自身についてのいろいろなアイディアと親しくなるためなのです。自分自身を忘れてぶらぶらするということの行為だけが、創造の謎を瞬間的に解き明かし、自分自身についてのアイディアを落ち着かせ静める資質をもっているのです」。そして、あらゆるイベント企画者に対して拒否権が発動される。「わたしたちの退屈に手をださないでください！　退屈は、わたしたちがまだ邪魔されることなく（誰にも監視されていないので）外の世界を見ることが許されている、わたしたちの最後の窓なのです！」

密やかに活動する彼らは兄妹のように結びつき、そして激しく弁護する。ゆったりとした時間を、退屈を、そして眠気を。この最後のものについては、ペーター・ハントケが『眠気についての試み』のなかで、過度の眠気に取り憑かれてなかば夢遊病のような状態が比類のない感受性を呼び覚まし、対象に明快に「近づくことができる」ようになるさまを、繊細にたどりながら描き出している。アラスカから長時間、飛行機に乗ったあとに宿泊、そして、ニューヨークではすぐにホテルに行くのではなく、セントラルパークである銀行に向かって、歩行者を観察しようと決心する。

このようにして見ている人間から、心が落ち着かない状態を永遠に生み出す存在としての〈私自身〉が、眠気によって、まるで奇跡を通じておこなわれるように取り去られてしまった。それ以外のあらゆる歪曲、習慣、くだらない思いつき、苦悩による皺は、彼から抜け落ちてゆき、解き放たれた二つの目だけがそこにある。ようやくロバート・ミッチャムの目と同じように究めがたいものとなって。そしてそれから、自己をもたない〈見る〉行為は、通行する美しい女性たちをはるかにこえて活動的なものとなり、彼という世界の中心のうちに、あらゆる生きているもの、あらゆる動くものを引き入れた。眠気はいつものざわめきを切り分けていった。その切り分けは、切り刻むものではなく、見分けられるようにするものである。眠気を通じてかたちのもつ——それは目がとどくかぎりにおいてのかたちだが——恵みへとリズムを与えていくのは、眠気という偉大な地平だった。★

無為のなかで眠気のうちにある人たちには、ほとんど神話的といってもよいほどの炯眼や、すべてを感じ取る解き放たれた感覚という特質が備わっている。「呼吸の練習やヨガの姿勢といった大げさで人目をひくもの」などなくても、そのような人は瞑想の状態に達する。「眠さの光のなかでいま、ことのついでのようにあなたは正しくすわって呼吸している」。まさにこの光のなかで「きわめて多くの無関連な経緯」が互いに組み合わさって「すばらしくきゃしゃで、かろやかに組み立てられた物語」へとまとまっていく。

海を見ているときの次第に溢れ出してゆく眠さ。波がたてる音に耳を傾けるときの眠さ。いくつもの波が浜辺を舐め、岩にあたって音を立てる、眠りに誘うように。私は母と一緒にバルコラの海岸にすわっている。右側にはミラマーレ城の明るいシルエット、左側にはトリエステの入江、私の前には見渡すかぎり水。水平線にはゆっくりと動いている帆船。そしてあらゆるものがきらめく光のなかに浸されてゆく。「私は自分を照らす／はかりがたいものによって（M'illumino / d'immenso)」、ジュゼッペ・ウンガレッティの偉大な簡潔さを備えた詩にはこのように書かれている。★当時子どもだった私は、こういった詩句のことなどまだ何も知らなかった。それだけいっそうメルヒェンのことはよく知っていた。その美しいリフレインはその後もずっと海の波と結びついていた。雄鶏と雌鶏が旅をしていました。二羽はずっとあるきつづけ、ようやく一つの梨を見つけました。しかし梨はとても大きくて、雌鶏の喉にひっかかってしまいました。そこで雌鶏はいいました。雄鶏さん、いそいで水をとってきてください。そうしないと息がつまってしまいます。そこで雄鶏は泉までかけてゆきました。泉さん、水をください、雌鶏さんに水をあげるのです。そうしないと梨がひっかかって息がつまってしまいます。水はあげられません、と泉はいいました。きれいな女の子の花輪をもってきてくれるまでは。そこで雄鶏はきれいな女の子のところに走っていきました。お嬢さん、花輪をください。花輪はあげられません、ときれいな女の子はいいました。雌牛さんからミルクを私のところにもってきてくれるまでは。そこで雄鶏は雌牛のところに走っていきました。雌牛さん、ミルクをください。ミルクをきれいな女の子にあげるのです。きれいな女の子はそうしたら花輪を編んでくれます。その花輪は泉さんのところにもっていきます。泉さんは私に水をくれます。水は雌鶏さんのところにもっていきます。そうしないと梨がひっかかって雌鶏の息がつまってしまいます……。障害はますます大きくなってゆく。そしてまさにここぞというところで見事に解消する。この幸せに浸りながらわたしはいつも同じように眠りのなかに入り込んでいった。ルンペルシュティルツヒェンやカエルの王様や東の国のカリフによって、いまいるこの場所に連れ戻されるまで。母は本を読み、海は岩礁にあたって砕け、何艘もの白い船が風景のなかへと入っていった。そして太陽が次第に沈んでゆくとき風が吹いてきた。ちょうど、年上の兄弟たちに殺されてしまった一番年下の王様の娘が、一本のカエデの木に姿を変えたところだった。私たちのうしろをアメリカの兵士たちが散歩《パトロール》している。私たちが暮らしていたのは、トリエステのゾーンAだった。★私は心に浮かんださまざまなことをもう終わりにしなければならなかった。しかし、次々に変わってゆく海の不変の姿は、母の声を下地にしながら、遠く広がり確かなものという感覚を与えてくれた。海、メルヒェン、音楽。そして緩慢なシエスタのメランコリックでゆったりとした時間。世界がおろされた鎧戸のむこうですうっと引いてゆき、私の想像力《ファンタジー》が光のうさぎから世界自身のファンタジーを創り出していったとき。私は特別なしかたで目と耳そのものになっていた。まったく動きのない静寂、しかしほんの小さなしるしにも夢中になっていた。タイルの白と黒のリズム、どこかでこもった足音、そして鎧戸の隙間から漏れてくる明るい光。頭のなかで繰り

広げられるいくつもの旅にはそれで十分だった。やさしく護られたカメラ・オブスクラのなかで私は詩作することを始めた。✶

「よりよく生きる術《サヴォアール・ヴィーヴル》」でとりわけ重要なのは、自分自身の尺度とテンポで生きること、（目にしたもの体験したものという）直接的経験に対して心を閉ざさないこと、自分自身が感覚的に見てとったものに信頼を置くことである。それはメディアの洪水がたえず妨げようとしているものだ。その選別された（しつらえられた）「二次的」現実は、とりわけそれが広告の勢力下にあるとき、自分自身の思考や本物の感覚を破壊しつくしてしまう。テレビ番組の大半はスポットＣＭとむだ話のとりとめもない争いのようなもので、幼少からそういった番組をザッピングしている人間は、単純で落ち着いた活動のうちに充足を見出したり、自分の内面での神経のいらだちをあっさりと片づけたりすることに苦労するだろう。例えば、コンピューターゲームの中毒になった子どもが自分の攻撃的感情を、砂のお城や模型飛行機を作ることによって捨て去ることができないように。

ドニ・グロダノビッチは『悠然についての小論』のなかで、★ぶらぶらと散歩したりチェスをしたりすること、カフェでただ腰を下ろしていること、凧揚げをすること、享楽的な趣味の世界に走り趣味の世界で享楽を目指すこと、いわゆるレジャー社会の成果至上主義の支配とはかけ離れたところで夢中になって夢想に耽ること、そういったことに対して、時代から外れながらも時代に合った弁護をおこなっている。二〇〇二年にパリで出版されたこのエッセイが『レクスプレス』誌によって「ベスト・ブック・オブ・ザ・イヤー」に選ばれ、すぐさま版を重ねていったというのはうれしいことだ。

ヴィルヘルム・シュミットは著書『すぐれた生き方《レーベンスクンスト》入門』のなかで次のように述べている。★「悠然としていれば、ものごとに介入するのではなく、以前のようにものごとをあるがままにしておくことができる。迎えうつ手で、悠然さは一つの自由を提供する。それは生活のテンポを緩め、時間のプレッシャーを減少させることで生まれる自由である。この自由は、ものごとをふたたび落ち着いて考えることを主体に許す。どのような意味での他者であれ、他者に対して余地の空間を委ねるということ。悠然さが、他のモダニズムの空間文化に対して貢献しているのはこのことである」。シュミットはさらに、環境を意識した「すぐれた生き方」にとって最も重要な点は、技術的世界に素朴に対抗していればよいということではなく、むしろ「この新しい悠然とした態度は、技術そのものとつきあっていく経験から育つ」と強調している。それは「生きることの新しい技術★」である。

仕事とゆとりの時間、成果に追われたヒステリー状態と悠然とした生き方、これらがそれぞれ互いを前提としているということは確かに正しい。論争を吹きかけて逆らうこと、荒波から退いてビーダーマイアー的★に静かに生きる幻想を抱くことは、社会全体がターボ状態となって加熱している現状にうまく対処できない。しかし、過度に興奮した社会の過度の緊張状態に対応するために、異議申し立てをしたとて別にかまわないだろう。すでにポール・ラファルグは一八八三年、急速な産業化と仕事に明け暮れる都市生活が過熱化する雰囲気のただ中で、『怠ける権利』を発表し★、そのなかで彼は怠けることの偉大な復権を目指していた。興味深いことに、ロシアのシュプレマティスムの創始者であるカジミール・マレーヴィチは、挑発的なテクスト「人類の本来的真実としての怠惰」（一九二一年）のなかで、★レーニン的な労働崇拝、功利主義の称揚、行動主義の倫理に対する彼の批判の論拠とするために、ラファルグを引き合いに出している。怠惰であることは「あらゆる悪徳の母」なのではなく、反対に「生きることの母」である、とマレーヴィチはいう。彼は無対象というシュプレマティスムの考え方により、有益であることが完全に欠けていることを支持する。マレーヴィチによれば、怠惰（あるいは休養）という状態のうちには、創造的精神が潜んでいるのである。それは創造の神の完全なる憩いである。ストア派のアタラクシア、つまり「心の落ち着き」を思い出させる。

だが、近代の神となったのは速さであり、またそれとともに技術や効率性である。もう一度、レイ・ブラッドベリの『華氏四五一度』に戻ろう。

> クイックモーションで働け、モンタージュ、急いで。クイック？　取って、読んで、聞いて！　キック、テンポ、マッチ、ティップ、きみも、あなたも、

彼も、私たちも、みんなだ、あれ？　私も？　ほらさっさと、キンコンカン？　ダイジェストのダイジェスト。政治だって？　新聞の一段、二つの文、見出し一つでけっこう！　どうせその最中に突然いますべてなくなってしまうのだから。忙しくたちまわる出版社や仲買人や放送局の人間みたいに、人間の精神とやらをぐるぐるかきまわしてやれ。大きな回転遊具が、時間のムダになるよけいな考えをすべて振り捨ててくれるみたいに。✶

なかなかの予言だ。まさにこういったせわしなさが、はるか以前にわれわれに追いついてしまっているのだから。問題となるのはただ、この「民主主義」（ポール・ヴィリリオ）の独裁的秩序のもとで節約された時間が、どこにとどまっているのかということだ。窓口の前に列をなして並んでいるとき、冗長に繰り返されるコマーシャルを見ているとき、交通渋滞のとき、その時間は過ぎ去る。傍若無人な合理化の狂乱の結果として遅滞が生じ、時間の経済が時間の不足を生み出す（エリアス・カネッティの言葉を借りれば、「もっと時間ができるようにと、すべてが急速になっていった。そうしてますます時間が少なくなっている」）。「二十四時間営業」で時間をカウントしていると、我を忘れる瞬間さえ許されない。ふたたびゆったりとした時間に対する支持表明をおこなうときの忘我の瞬間さえ。来たれ、メルヒェンよ。海よ、生み出せ。秒のパレードを飲み込んでゆけ。

八、体験（スローライフ）

8. Erlebnis (Entschleunigung)

現実がヴァーチャル化されていけばいくほど、それだけ体験に対する空腹感が大きなものとなってゆく。イベントハンティングというのが、そういった空腹感を満たそうとする現代のシンドロームにつけられた名前である。狂気じみたフェスティヴァル、耳をつんざくコンサート、まともではない「パレード」、リスキーなスポーツ企画、何もかも過剰なパーティー、あまりにも突飛なハプニング芸術、金のかかったウェルネスセンター、演出された美食――スペクタクルにつぐスペクタクルだ。イベント・プロダクションがビジネスとなっている。ただし、それで満ち足りることはなく、中毒になってゆくだけのこと。真の体験が生み出されず、感情が（たいていは）道半ばに取り残されてしまうからだ。イベント消費者は「おもしろい」と思えるためにたえず服用量を増やしていかなければならない。そのような人はとりわけ、体験を自分自身から生み出すことはない。外から刺激を取り込む。息をのむような刺激が一番よい。そしてもう次の「できごと」へと急いで進む。小休止はありがたくなどない。

ハンティングはなかなかたいへんで、見境がない。なんとしても空虚であることを避けなければならないからだ。それでもなお、まさにそれこそがイベント追求の狂態の中心にある。設備を整え、飾り立て、覆い隠す。王様は何も着ていない。

熱狂的で忘我的な状態は、その集中度の高さによって、魅惑的な印象を与えることがあるかもしれない。だが、それによって体験、ましてや経験が保証されることなどない。そのためには自分自身が関与すること、しっかりと消化し理解すること、総体的であることが求められる。触れられることと触れること、自分自身への影響を受け入れることと自分自身が影響を与えることが同じ程度に。心のなかに入り込む印象や体験になろうとするものは、内的な応答があることを前提とする。応える用意があること、そしてそれが突然の一体感（感情移入）をもたらす。

テンポの速い楽しみとスリルのあいだを動くイベントが念頭に置いているのは、別のことだ。イベントは神経をくすぐるが、核心に入り込むことはない。イベントはショックを与える効果をもっているが、逆説的なことに、それは計算されるものである。人を震撼させようともその役に立つことはない。それにはもっと別のものがいる。ピリッとした刺激でエフェクトをねらうもの、ハプニング的なできごとだ。

一人の蒙古症の女性、あるいは聖女が、リュックサックを背負い、恍惚としてあるいは不安な気持ちで、横断歩道を走って渡っていた。そして、別の郊外の駅にあるバーには、その日の夕方、客が一人で立っていたが、そのときマスターはグラスを拭いており、店の猫はテーブルのあいだでビリヤードの球と戯れ、埃だらけのガラスではまだ残っているプラタナスの葉のぎざぎざの影が踊っていた……。

（ペーター・ハントケ『うまくいった日についての試論★』）

センセーショナルなものは何もない。しかし、突然、私は心が動かされているのを感じる。あたかも一つひとつのことがらが私のうちで（私を通じて）互いに関連しあったものとなり、輝きを放つ力をもつかのように。あたかもそれら一つひとつのことがらがリズミカルに動く輪舞に加わるかのように。

私の短篇小説「ひとめぐり」のなかには、ある一つの瞬間のもつ魔法が描かれているがある。そこでは〈私〉が自分自身の一貫した連関をこじ開けているようなのだが、そうしてさらに経験を押し拡げてゆくことになる、そのような瞬間である。

風が、山の風の小さな息子が、草の茎のあいだを撫でていった。風は波になってやって来てそして去っていった。風が来ないときには暑さがこもった。空気はガラスのように澄みきっていった。そして、あたかも森という舞台装置から白昼、パンが出現したかのように、魔法の力が生まれた。私は牧草地のなかで、まるで自分の家にいるように腰をおろし、ぼんやりと夢見心地だった……。草は冷たかった。草は自分のことを配慮してほしいと望んだりしない。私は大きな声で叫ぼうとした。小さなこだまが森から戻り、そして沈黙した。視界に羊たちの姿はなく、蝶が一本の茎にとまって羽ばたいているだけだった。あたかも私の不安がその蝶に触れたかのように。私と一緒にいるのは自分の名前だけ。そのとき私は笑い始めた。それは批判的な笑いだったのか、あるいはそうではなかったのか。理性はとうの昔に頭から消えていた。私は草のなかで別れを祝っていたのだ。この名前、この私の名前との別れを。私が自分自身と結びついているという思いからの別れを。あなたはこのような人間であり、他のようではありえない。この〈私〉をどのような介入や攻撃からも守るという決まりきった生活からの別れを。ウサギが一匹、草むらをさっと駆けていった。ニガイチゴの藪から出てきたウサギさんこんにちは。ペトラルカの雌鹿を見た？　生活の感覚が引いてゆき、裂け目だらけの私の意識のなかで、何も定まったものがないという思いが復讐のようにかたちをとっていった。私はどんな期待でも裏切る。私はどんな立場でもとる。私ははっきりしているものはどんなものでも避ける。しかし羊飼いはやってこなかった。そして羊も。私は草のなかの通り道を歩いていった。私は黒いニワトコの実にふれ、虫の群れをつかもうと手をのばした。時間は静止していた。子ども時代、物置小屋が魔女の家となり、公園が原生林になったとき、そうであったように。「主語と時間と場所がいれかわって」、緑色の倉庫は端から端まで、記憶が林のなかの道を切り開く空間となる。そして、切り取った草木は頭のなかを通ってゆき、頭は草のなかに沈んでその瞬間の色をとらえ、眠りのなかであらゆる境界を断念する。目覚めたとき、私は大きくなっていた。牧草地に羊が一匹いるのが見えた。羊は静かに草の束を喰んでいた。風はやんでいた。私のずっと上の方に絹雲がかかっていた。「忘却の場所」、そこは猛り狂った不安がはなれてゆき、均衡がはじまるところ。★

一瞬の恍惚とした体験もあれば、他の人の経験や過ぎ去った経験の連続体のうちに位置づけられる、プロセスのような体験もある。後者に属するのが読書だ。読書においては瞬間と記憶がショートする。文化的な反響の行き交う空間では、体験はいわば多次元的で「多時間的」に形成される。それに対して、イベントのハイライトでのセンセーショナルな強調は高められた「いま」を目指す（クイック・サティスファクション）。

計画された通りの体験はその名に値しない。体験は思わぬときに出現する。突然、あるいはゆっくりと。認識となって、あるいはメロディーとなって。成功思考とエンターテインメント産業をこれほど緊密に連携させようとも、体験はホームストレッチに入ったところでは手に入らない。計算は人為的なものだからだ。

ジャスト・リラックス。ジャスト・レット・イット・ビー。成功や効率のよさは、どれだけ体験を積んだかという尺度にはならない。それをいうならば、むしろ挫折の方だ。

失敗をすると私たちはしばらくペースを乱してしまうが、どんな失敗であれ、それによって私たちは心の内面で何かを待っている状態を強いられる。そのとき私たちは、ただ愕然としているだけでなく――ものを考え始めることにもなるのだ。挫折する人は、後ろを振り返る。そして後ろを振り返る人は、じっくりとものを考える。挫折をしたとき、伝記的記述もまた思慮深いものとなる。次第に生活が連関をもったものとして描かれてゆき、内面世界へのまなざしが形成され、意味の吟味がもはや途切れることのないものとなる。一言でいえば、アイデンティティが形成されてゆくのだ。成功や自信や力が少しのあいだ（あるいはしばらくのあいだ）なくなってしまうことで、私たちは社会に広まっている幸福への強い欲求に立ち向かうことになる。そして、失敗のもつ尊厳というものもあるのだ、ということに意識を向けるようになる。自分の失敗と立ち向かうことによって、私たちはもう一人の自分のなかへとファンタジーを注ぎ、そして突然はっきりとわかる。この先、また自動車事故を起こすわけにはいかない。三度も誤った女性と結婚するわけにはいかない。これ以上、株式投機で金を失うわけには断じていかない。

（ヴィルヘルム・ゲナツィーノ✶）

ツヴェタン・トドロフ✶はさらに極端な言い方をして、挫折が「無限なものや絶対的なものを直接的に経験」する唯一のものであるとさえいう。そういった経験によって、現代の社会は、その主体たちに受け止められるものとなる。

失敗や病気や妨げられた計画のもたらす、スローダウンのはたらき。期せずしてごく順調なペースからはずれ、ある意味で裸になり周囲にさらされているような体験をする。そして、唖然としたまま、何も飾り立てることのない自分の存在そのものと対峙する。このように根底まで（自分自身の根底も含めて）ゆきあたることによって治癒されることもありうる。無理強いされたものかどうかにかかわらず、中断すること。そこに新たな出発の芽が秘められている。

だとすれば、どうして自分からスローダウンしようと決心していけないわけがあるだろうか。電子上のやりとりも大切なものだ。だが今日、私は机について、自分の手で手紙を書き、それをもって歩いて郵便局にゆき、郵便局員の女性と記念切手のことで会話を交わし、手紙にスタンプを押してもらって、その先の運命を委ねる。そのあと私は、ゆったりと家にむかって、秋の落ち葉のなかをぶらぶらと歩いてゆく。さまざまな思い出の瞬間。万年筆がざらざらした紙の上を走ってゆくときの感触、紙を折りたたみ、そしてその折りたたんだ紙に小さな絵をそっと書き込むときのこと、その両方が封筒のなかに消え、そして封筒が黄色のポストのなかに消えてゆくときのこと。

最近、私はベリーニの赤い衣装を着た聖母を絵はがきの挨拶状に使ってトリエステの中央郵便局にもっていった。そこで列に並び、人々やその建物のハプスブルク時代の豊かな建築を眺めていた。その天井の高い明るいホールは、ほんのかすかな神経質さでさえ飲み込んでいた。ここでは待つことにさえ独自の威厳が備わっている。

トリエステといえば、あたかも街そのものが速度の悪魔のところからやってきかたのように、車は切り立った断崖のある道路を、轟音をたてて通っている。しかし、そこに突然、一つの小休止が入る。午後十二時半から四時までのあいだ、店はシエスタをとり、この同じ街が眠気につつまれた無気力のうちに陥ってしまうのだ。もっと売り上げが伸びるのにといってもそれは通じない。儀式は儀式だ。

そして夏には、とにかくそれができる人であれば、バルコラとミラマーレのあいだの岩の海岸で楽しく走り回る。中心街から十五分も離れていないところだ。白い石灰岩のうえや松の木陰で、本を読んだり、日光で身体を焼いたり、トランプをしたりしている。うっとりとするような平和な風景。若い人も年配の人もみなくつろいで横になっている。時間はそのとき、水のようにごくさりげなくピチャピチャと音をたてている。何も急いでいない。唐突な動きをするものは何もない。ゆっくりと水平線でいくつかの船がなめらかに進み、ゆっくりと太陽が動いてゆく。太陽はミラマーレの上で赤い玉となる。いつしか海水浴バッグに荷物がまとめられ、街への帰途につく。日焼けして、ほがらかに。

　南方であるということは速度の移り変わりを容易にする。暑さにはその独自の法則があるからだ。季節や一日の時間に応じて加速や弛緩がある。一般的にそう考えられているように、一人ひとりの要求（習慣）が、気候によって条件づけられた要求に加わる。南方は身体に対してより多くの権利を認め、成功にとりつかれた観念を盲目的に極端なまでにおしすすめることなどない。われわれはそのような南方に耳を傾けるべきなのかもしれない。われわれはまだいまのところゾンビでもなければ、機械でもない。さいわいなことに。そんなことになれば、われわれの尊厳も希望の原理もまずいことになってしまうだろう。その二つの価値は（ラースロー・フェルデニィ★によると）いまでは脅かされているものであり、それらが生き残るためには、ゆっくりすることが必要なのである。それによって単に日常的に役に立つ機能だけではなく、その実存的な、さらにいえば形而上的な機能をも明らかにしてくれるような、ゆっくりするということが。

九、旅（憩い）

9. Reise (Ruhe)

鉄道交通の開始とともに、移動手段のすさまじい加速化が始まる。変革ということについては地震計のような存在であったゲーテは、すでに一八二五年六月六日、ベルリン在住の作曲家ツェルターに対して、次のように書いている。

親愛なる方、思考においても行動においても、すべてがいまでは極端なものとなり、すべてがとどめがたく超越していきます。誰ももはや自分のことがわかっておらず、誰も自分がそのうちで漂い力を発揮している自然の要素のことを理解していません。誰も自分が手を加える素材を理解していません。〔……〕若い人たちはあまりにも早いうちに興奮状態に引き込まれ、そして時間の渦の中で心を奪われています。豊かさと速さは、世の人々が感嘆し、誰もが懸命に求めているものです。鉄道、駅馬車、蒸気船、そして伝達を容易にしてくれるありとあらゆるものは、教養ある世の中の人たちが、さらに上回るものになろう、さらに優れたものになろうと目指しているものですが、それによって中庸なものにあくまでもとどまってしまうのです。★

ゲーテの批判的「総合的診断」は、奇妙なまでに現代的な印象を与える。進歩を名乗るものは、実際には中庸にあくまでもとどまってしまうという最後の要点にいたるまで、そのことは当てはまる。速度が凡庸なものと化してゆくことについてはロベルト・ムージルがおよそ百年後となる一九二七年に、皮肉たっぷりと次のように言い表わしている。

街のなかでまだ感じることのできる唯一の速さは、次に乗る接続列車の速さ、乗り換えのあわただしさであり、そして、時間に間に合って進行してゆくかどうか定かではないということだ。神経衰弱という恩恵を受けることなしには、われわれはそういった速さもすでに失ってしまっている。というのも、最悪の場合、急いでいる人はあはあ息を切らして湯気を立ち昇らせるかわりに、一マルク五〇出せば自動車に乗れる。自動車はそういった人のために、すべてたちどころにうまくやってくれる。そしてこの力の王国の中で高い位置につくほど、それだけ進行は静かなものとなる。★

時速九百キロメートルの旅客機がどれほど静かに動いてゆくか、ムージルには考えもつかないことだった。そこでは、速度を上げてゆくことが静止状態と感じられる。そして航空機の利用（とりわけ大陸横断の長距離飛行において）は、機内エンターテインメントのおかげで旅ではないものに姿を変えている。とはいえ、一つだけムージルにとってはっきりしていることがあった。彼には不吉なことと見えるものだ。「現代生活は、どう言い表わしてよいかわからないほどのさまざまな新しい速さをもつもので溢れかえっている」。それは「時間がない時代、世界に新しい速度を与えるものと間違いなく信じている時代のいまわしい状況である。速度という果実が口の前にぶら下がっているのだが、時代は自分の口を開けることができない」。彼は同じ文章のなかでさらに「速度は魔法である」と述べ、速度を言い表わそうとするいくつかの慣用表現がどれほどナンセンスであるかをユーモラスに実例で示している。

例えば〈あわてふためいて〉〔直訳すると「頭の上に首」〕という言い回しがある。急いでいるとき、どれほど多くの人がこの言葉を使うことか。こういった言い回しで、急ぐことがどれほどたいへんな事態を引き起こすか考えもしないで。あたふたと〔首が頭の上にくるくらい〕どこかにすっ飛んで行くということは、身体が首の上にくるくらい、首が頭の上にくるくらいものすごい速さになるということだ。急いでいることが尻にとりついているのだが、頭の方はまだのろのろと動くというやり方が残って引き止めている。そうすると、まるでウサギが皮を剥がれるように、人間は人間の状態から引き裂かれてしまうのだ。

言葉は、新しい速度をもつさまざまなものと歩調を合わせることはできない。むしろ保守的に言葉のもつ可能性を保持してゆく。「思考や閃光よりも速く、カタツムリよりも遅い言葉からは、何も生まれてこなかった」★。この点では、ムージルの言っていることが正しいと認めなければならないだろう。しかし、言葉は――造形芸術と同様に――速度を知覚することを自分のやり方で保持しようとしてきただろうか。造形芸術の領域では、運動の流れを分解したり（イギリス人の写真家エドワード・マイブリッジの連続写真のように）、さまざまな視点に圧縮して一つのタブローに同時に合体させたりする実験が（ウンベルト・ボッチョーニの一九一三年の絵画「自転車乗りのダイナミズム」やジャコモ・バッラの同年の作品「バスの速さ」のように）現われた。非同時的に生起したものを同時化させること、それがキュビストやイタリアの未来派の芸術家たちの関心を同じようにかき立てていた原理である。「同時性の芸術」はそれ以来、途方もない進歩を遂げてきた。ニューメディア、そしてとりわけデジタル的な「サイバー・アート」によって、ほとんど無限で無時間的なプロセスを装う視覚的シミュレーションがいまでは可能となっている。

言葉がそれ自体として連続性と結びついている。言葉は速度の印象を画像や比喩によって、あるいはシンタックス上の手続き（スタッカート技法、電報文体等）によってシミュレートできる。移動というテーマを見ていくために、ここではヴィクトル・ユゴーの鉄道の印象をあげてみたい。彼は一八三七年八月二十二日に妻に宛てて次のように書いている。「畦《あぜ》に咲いている花はもはや花ではなく、色のシミ、というよりもむしろ、赤や白のストライプになっています。点というものはもはやありません。すべてがストライプになります。穀物畑は黄色の長いストライプになっています。クローバーの生えている畑は緑色の長いお下げ髪のように見えます。街や教会の塔や樹木はダンスを披露し、とんでもない感じで地平線と混じり合います……」★

ユゴーが描き出しているのは、列車が速く進んで行くことで移り変わってゆく風景、つまり動く画像を彼がどのように知覚しているかということである。ここでテーマとなっているのは、速さそのものではない。そうではなく、速さを生み出す新しい知覚である。レイ・ブラッドベリの『華氏四五一度』では（主人公たちにとって）速度はあまりにもルーティンになってしまっているため、物事の歪んだ知覚そのものが小説のなかで支配的なものとなっている。

ときどき思うのだけれど、自動車の運転手たちは、草とか花とかいったものが何なのかということをまったく分からなくなっているのではないかな。そのそばをゆっくり通り過ぎるということがないのだから。運転手になにか緑色のぼんやりしたものを見せると、その運転手は、「ああ、これは草だよ」というのではないかな。なにか赤いぼんやりしたものだとどうなるかって？「これはバラの庭園だよ」。白いぼんやりしたものは、建物を意味している。茶色のぼんやりしたものは雌牛だ。★

旅の速度が上がるにつれて、外界はわれわれの五感から離れていく。自動車やICE〔ドイツの高速鉄道〕や飛行機といったカプセルのなかに入れられて、われわれはせいぜいのところ外界を映像の洪水として知覚しているだけだ。色彩、形態、構造は一つの映画のようにわれわれのそばを過ぎ去ってゆく。「知覚の機械化」と「現実の内破」（ペーター・ヴァイベル★）は一つのものとなる。あるいは別の言い方をすればこうなるだろう。「……映像が映画のように前を覆っている状態が、素材のもつ静的なものや堅固なものに終わりをもたらす★」（ポール・ヴィリリオ）。ゲーテは、速度が高まってゆく彼の時代の経験にもとづき、ルートヴィヒ一世に対してある予感にかられて嘆いている。「まるで包装された商品のように、人間はきわめて美しい風景のなかを駆け抜けてゆきます。さまざまな土地を知るということはもはやありません。プラムの香りは失われてしまいました★」

そう、この速度の陶酔のなかで触覚的な体験、嗅覚的な体験はどこに残っているのだろう。触覚、嗅覚、聴覚が探し求めるものはほとんど何もなくなっている。仮にあるとしても、それらの感覚は、そこに厳として存在することでわれわれを外界から徹底的に分離している輸送手段そのものにかかわるものでしかない。非現実的なものの感覚を手に入れるために感官による知覚を喪失する。長距離飛行の際にはこういった状態に強烈に襲われる。時間と空間の枠組みが舞い落ちてゆき、一方では眠気の状態（それはエンジンの大きな音がずっと続いているために生じるのだが）、他方で、飛行ルートが表示され、映画が流れるスクリーンを見るともなしに見ている状態のさなか、私は自分がどこかの無人地帯で無感情な「包装された商品」となっているのを体験する。眠ることは、この夢にも似た状態から本当の夢のなかに逃げ込むための最も快適な方法である。とはいえ、目的地に到着しても、それはほんとうに覚醒することを保証するものではない。ジェットラグだけでなく、むしろこの驚くほど短時間におこなわれた劇的な「場面転換」になんとか適応しなくてはならない。私の内側ではそのために長い時間が必要になる。何日ものあいだ私は夢遊病者のように動きまわる。あたかも（インディアンの言葉にあるように）魂がうしろに取り残されてしまったかのように。いまという感覚がなくなる。いや、あるいはそもそも感覚そのものがなくなるのかもしれない。

私は暫定状態という吊り輪にぶら下がり、この旅にはなにか仮想的なものがつきまとっているという考えから離れることができない。あとで思い出してやはりそうだと思うのは、旅というのは、自分がたまたま俳優となって演じている映画に似ているということだ。

その反対の例。大学でスラブ学を勉強していたとき、私はレニングラードで交換留学によって一年間過ごす機会があった。そのとき私はチューリヒ－ウィーン－プラハ－ワルシャワ－ブレスト－モスクワ－レニングラードの区間を電車に乗っていった。何度も乗り換えをおこなう長い旅だった。とてもゆっくりしたものだったので、風景が移り変わるのを観察したり、新しい国境を越えるたびに遠くに離れて行くという感覚を新たにしたりできた。旅の区切りという体験をしたのは、ポーランドとロシアの国境にあるブレストだった。列車はここでソヴィエトのゲージに切り替えられた。国境警備の兵士たちがシェパードをつれてパトロールしているときに、機械工たちがハンマーを打つ音が忘れられない。その光景は私の心に刻まれていつまでも残っている。それは私の感覚が活発《アレアト》に動いていた（そう、警戒態勢《アラミーアト》にあった）からだ。褐炭のにおいがして、なぜか酸味を帯びた金属のにおいもした。ときどきホイッスルの音がなり、鋭い叫び声もした。それにまじってしわがれた犬の吠える声も。そういったことのすべてが少し不気味ではあったが、それが現実の姿を表すものだった。私は、タイプライターの一台一台が記録されているほど住民を慎重に監視している国にやってきたのだと。にもかかわらず、地下出版は蔓延《はびこ》っていたのだが……。

そのあとレニングラードに着いてから、ロシアの広大さにはそこに住む人たちの時間に対する考え方がそのまま対応しているということを知った。友だち仲間で「キッチンで」会うことにすると、話は真夜中まで続いた。そこには急ぐとか神経質になるといったことはなかった。みんな「アジア的」な悠然とした心持ちでどのようなことでもうまく対処していた。いまではロシアでも時計は以前より速く時を刻むようになってしまった。成功を手にしたいと思う人間は、膨大な課題を急いで片づける。二つ目や三つ目の兼業があると、たえずあくせくしていることになる。ただ、「浸透的な単調さ」のロシア正教会の典礼だけは休まることがない。そして、祈りを捧げる人たち、物乞いたち、大酒飲みたちもまた。

ゆっくりと旅をするということのよいところは、つまり何だろうか。五感で体験すること、対象そのものを空間のなかで見ること、目覚めた知覚、いまという感覚。ヴォルフガング・ヴュッシャーはベルリンからモスクワへと、電車ではなく、歩いていった。そして二〇〇一年八月から十月にかけての三カ月の徒歩での旅について感動的なレポートを書いた★。この本では、ゲーテが（一八二八年、エッカーマンとの対話で）自然に対してこのようにしたらよいと勧めたことが、その通りであるとわかる。「自然から何かを得たいと思うならば、自然とはゆっくりとそして寛大につきあう必要がある」。ヴュッシャーの歩くテンポは自然や出来事や自分自身の好奇心にふさわしいものだ。そしてとりわけナポレオンと中央軍集団（ナチス・ドイツが東部戦線に組織した軍集団）の道を「踏査する」という目的にとって。最小限の荷物（髭剃り、ノート、地図、寝袋）で、この徒歩のレポーターは出かけた。足にはブーツを履いて。彼が体験していることには、直接的なものという刻印が押されている。

色あせた夏の空の下、私は国境へと歩いていった。「首吊り大通り」はいまでは木は生えておらず、「友好通り」という名前になっていた。この通りはそのままオーダー川に向かっている。一つも影のない灼熱の太陽のもと、一直線にのびる大通りを進んでいくことは、これから私を待ちかまえている無限に続く東の前触れだった。かれこれ半時間も同じ穀物畑の脇を歩き続けている。その前はひまわり畑のあいだを歩いていた。若い男たちが改造した自動車で、まるで逃走中であるかのように駆け抜けていった。キーツ墓地で、私は菩提樹とマロニエの木の下で横になり、一匹のカタツムリがエミールおよびミンナ・ムンクの墓石をのぼっているのを眺めていた。夫人は夫よりも二十二年長生きをしていた。――オーダー川を渡るとき、私に興味を示す人は誰もいなかった。川の流れは速く、水かさはかなり多かった。そして、流れの途中にあるシュレジアで倒した木の枝を運んでいた。川はゴロゴロと音を立てて渦を巻きながら、埃だらけの蜘蛛の糸で封をされ、荒れ果てた、ドイツ側の岸にある兵舎と、真昼の灼熱の下でまどろんでいる、東側の岸の国境施設のあいだを流れていた。二、三分のあいだ、私の歩みが橋を渡りながらトントンと刻むように音を立てていった。そして私はポーランドに着いた。赤いレンガでできた重々しい要塞が現われた。その壁の一番高いところに若い男が座っていて、流れをじっと見つめていた。

ヴュッシャーは克明に、予期できない出来事とリスクに満ちたこの行軍が彼にもたらしてくれるさまざまな知見を報告している。その知見は、歩き通していった東の土地についてのことだけではなく、歩いて行くという行為のなかで自分自身について知ったことでもある。そのようにして彼の著作は、経験豊かなレポーターの単なる体験記以上のものとなったのである。つまり、自ら知覚することを学ぶ場であり、またポーランド、ベラルーシ、西ロシアの広大な領域の現在、歴史、地誌のうちへと、言葉の真の意味で一歩ずつ導き入れてゆく行為なのである。

最近のことだが、徒歩でピレネーからサンティアゴ・デ・コンポステーラへと巡礼をおこなったある女性の友人が、聖ヤコブ巡礼の古くからある道の途上、夏の暑さのただなかでこう語った。――私はスペインを歩き通したのです。もちろん足は痛いのですが、ほんとうにたくさんのことを経験し、ほんとうに素晴らしい人々に出会いました。新しい一日一日がすべて一つの始まりであり、いつか私はこの大陸の突端にたどり着き、きらめく海の水面を前にすることになるのです。清められたように。

そのような歩み、lanteur（ゆっくりしていること）とlangueur（憂いに満ちた憧れ）とを結びつける歩みが、日付や時間を問うことはない。歩みの時間は朝から夕方まで、日の出から日没まで続く。そして、目的を目指して進む。遊牧民的、カタルシス的であり、所有に心を悩ますこともない。ペーター・ハントケの小説『イメージの喪失、あるいはグレドス山脈をゆく』では、あちこちと移動する女性の登場人物について次のようにある。

そう、彼女はほかの人に対しても、自分に対するのと同じように接していた。そして、歩くリズムが他の人たちといつも変わらないと感じていた。私有からはできるだけ遠く離れる。私たちはあまりにも長く所有者であり続けてきた。そして、時間がたつうちに、私有ということほど、観察すること、見ること——大きく見ること——を妨げてきたものはほとんどない。私たちは観察する《ベトラハトウング》能力を失ってしまうことによって、考慮《ベトラハト》に値するものとされること、問題とされるようになることがなくなってしまう。★

荷物は軽いが、大地を足元にとらえている足取りは力強い。観察することは、袖と袖が触れ合うような人との関係のようなものである。そのようなときだけ、観察は明白なものとなる。そして、旅が現実の労苦や心配事や物質的困窮と結びついていることによって、旅ははじめて外部と内部を探索するものとなる。

私は、徒歩で旅することは瞑想的なことであるといつも感じてきた。私の短篇小説「歩く」もそのことを暗示している。「足取りは早くない。まなざしはゆっくりとさまよい、落ち着いて安らいでいる。大人の背丈ほどもあるエニシダの枝——手がそれにふれる。なめらかだ。はっきりと定まらない光。そのため目は、ほんの短い黒い一瞬のあいだとじる。靴底の下で石たちが動いているかのように、足の運びがためらう。大切なのは、進みはじめた方向で探り続けている足だけ……」

✶

旅と落ち着き——逆説的にもここでこの二つは邂逅する（私が「包装された商品」になって、夢遊病者のようにニューヨークへとジェット機で行くのとはちがって）。私はゆっくりすることを楽しんでいる。出張旅行をしているのではないのだから。また、処方してもらったとおりの休息を得るために療養に出かけるつもりもない。休息を処方するとすれば自分でそうする。歩きながら、本を読みながら、横になりながら。自分自身のテンポ、自分の「固有時」を生きるために、日常のなかで隙間となるものを作り出すことによって。「今日はまたとてもゆっくりだね」と言ってくれた人がいた。「そうね」と私は恥ずかしがることもなく答える。そして付け加える。「一度に一つのことだけね」

余談ながら、速さとゆっくりであることはどのようにすれば相補うことになるのだろうか。動くことと休息がそうであるように。抗議の申し立てをおこなう必要があるとすれば、それは度を越した不遜に対してだけだ。悪魔的な速さ《ヴェロツィファー》のファウストを生み出したゲーテは、すでにそれに対して警告を発していた。そしてまた、一九二二年、第一次世界大戦後の加速ヒステリーのただなかにあって、ライナー・マリア・リルケは『オルフォイスへのソネット』の第二十二ソネットのなかで、次のように。★

私たちは追い立てるもの。
しかし、時の歩み、
これを些細なことと受け止めよ
つねにとどまり続けるもののうちでは。

急ぎゆくものはすべて

すでに過ぎ去っているものとなろう。
しばしとどまるものが
私たちにはじめて秘密を打ち明けてくれるのだから。

子どもたちよ、ああ勇気を
速さのうちへと駆り立ててはならない、
飛ぶ試みのうちへと駆り立ててはならない。

あらゆるものが安らいでいる。
闇も明るさも、
花も書物も。

出典

Aurel, Mark: *Selbstbetrachtungen*. Übs., mit Einleitung u. Anmerkungen v. Albert Wittstock. Stuttgart: Reclam 1959（マルクス・アウレリウス『自省録』鈴木照雄訳、講談社学術文庫、二〇〇六年）

Borscheid, Peter: *Das Tempo-Virus. Eine Kulturgeschichte der Beschleunigung*. Frankfurt: Campus 2004

Bradbury, Ray: *Fahrenheit 451*. Roman. Aus dem Amerikanischen von Fritz Güttinger. Zürich: Diogenes 1981（レイ・ブラッドベリ『華氏四五一度』宇野利泰訳、早川書房、二〇〇八年、〔新訳版〕伊藤典夫訳、早川書房、二〇一四年）

Brodsky, Joseph: *Römische Elegien und andere Gedichte*. Aus dem Russischen von Felix Philipp

Ingold. München-Wien: Hanser 1985（ヨシフ・ブロツキー『ローマ悲歌』たなかあきみつ訳、群像社。ただし引用された詩はこのうちに含まれていない）
Büscher, Wolfgang: *Berlin-Moskau. Eine Reise zu Fuß*. Reinbek: Rowohlt 2003
Calvino, Italo: *Sechs Vorschläge für das nächste Jahrtausend*. Harvard-Vorlesungen. Aus dem Italienischen von Burkhard Kroeber. München: Hanser 1991（イタロ・カルヴィーノ『カルヴィーノの文学講義　新たな千年紀のための六つのメモ』米川良夫訳、朝日新聞社、一九九九年）
Canetti, Elias: *Aufzeichnungen 1942-1948*. München: Hanser 1965（エリアス・カネッティ『断想　1942〜1948』岩田行一訳、法政大学出版局、一九七六年）
Christensen, Inger: *Alfabet / Alphabet*. Aus dem Dänischen von Hans Grössel. Münster: Kleinheinrich 1990
Ćosić, Bora: *Die Zollerklärung*. Aus dem Serbischen von Katharina Wolf-Grießhaber. Frankfurt: Suhrkamp 2001
Eckermann, Johann Peter: *Gespräche mit Goethe in den letzten Jahren. 1823-1832*. 2. Teil. Leipzig: Brockhaus 1836（エッカーマン『ゲーテとの対話（中）』山下肇訳、岩波文庫、一九六八年）
Egger, Oswald: *Prosa. Proserpina. Prosa*. Frankfurt: Suhrkamp 2004
Ehn, Billy / Löfgren, Orvar: *Nichtstun. Eine Kulturanalyse des Ereignislosen und Flüchtigen*. Ham-

burg: Hamburger Edition 2012

Flusser, Vilém: *Die Schrift. Hat Schreiben Zukunft?* Göttingen: Edition Immatrix 1987

Földönyi, Läszlö: *Lob der Langsamkeit*. In: Marburger Forum, Jg. 2, H. 5 (2001)

Gadamer, Hans-Georg: *Die Aktualität des Schönen. Kunst als Spiel, Symbol und Fest*. Stuttgart: Reclam 1977

Genazino, Wilhelm: »Omnipotenz und Einfalt. Über das Scheitern.« In: W. G.: *Der gedehnte Blick*. München: Hanser 2004

Goethe, Johann Wolfgang von: *Weimarer Ausgabe*. Vierte Abt., 39. Band, Weimar 1907 (『ゲーテ全集　第一五巻　書簡』潮出版、二〇〇三年)

Grozdanovich, Denis: *Kleine Abhandlung über die Gelassenheit*. Aus dem Französischen von Tobias Scheffel. München: Liebeskind 2004

Han, Byung-Chul: *Duft der Zeit. Ein philosophischer Essay zur Kunst des Verweilens*. Bielefeld: Transcript 2009

Handke, Peter: *Über die Dörfer. Ein dramatisches Gedicht*. Frankfurt: Suhrkamp 1981

Handke, Peter: *Versuch über die Müdigkeit.* Frankfurt: Suhrkamp 1989

Handke, Peter: *Versuch über den geglückten Tag*. Frankfurt: Suhrkamp 1991

Handke, Peter: *Mein Jahr in der Niemandsbucht*. Frankfurt: Suhrkamp 1994

Handke, Peter: *Der Bildverlust oder Durch die Sierra de Gredos*. Frankfurt: Suhrkamp 2002

Hanimann, Joseph: *Vom Schweren. Ein geheimes Thema der Moderne.* München: Hanser 1999

Houellebecq, Michel: *Die Welt als Supermarkt.* Interventionen. Deutsch von Hella Faust. Reinbek: Rowohlt Taschenbuch 2001 (Interventions, recueil d'articles, Flammarion 1998)

Hugo, Victor: *Correspondance familiale et ecrits intimes.* Bd. 2, 1828-1839. Paris: Robert Laffont 1991

Keller, Ursula (Hrsg.): *Zeitsprünge.* Berlin: Vorwerk 8 1999

Köhler, Andrea: *LangeWeile. Über das Warten.* Frankfurt und Leipzig: Insel 2007

Konräd, György: Du kannst flanieren. In: *Neue Zürcher Zeitung,* 28./29. August 2004, Nr. 200, S. 61

Kümmel, Peter: Springteufel der Lüste. Sind die deutschen Bühnen in den Händen der Pornografen? In: *Die Zeit,* 6. Februar 2003, Nr. 7, S. 36

Kundera, Milan: *Die Langsamkeit.* Roman. Aus dem Französischen von Susanna Roth. Frankfurt: Fischer Taschenbuch 1998（ミラン・クンデラ『緩やかさ』西永良成訳、集英社、一九九五年）

Lafargue, Paul: *Das Recht auf Faulheit.* Grafenau: Trotzdem Verlaggenossenschaft 2004（ポール・ラファルグ『怠ける権利』田淵晋也訳、平凡社ライブラリー、二〇〇八年）

Leopardi, Giacomo: *Gesänge, Dialoge und andere Lehrstücke.* Zürich-München: Artemis und

Winkler 1998
Lütkehaus, Ludger: Auf der Suche nach der vergeudeten Zeit. Gesellschaft in der Warteschleife. In: *Neue Zürcher Zeitung*, 2. Juli 2004, Nr. 151, S. 44
Malević, Kazimir (Malewitsch, Kasimir): *Gott ist nicht gestürzt! Schriften zu Kunst, Kirche, Fabrik*. Herausgegeben und kommentiert von Aage A. Hansen-Löve. München: Hanser 2004（マレーヴィチ『零の形態――スプレマチズム芸術論集』宇佐見多佳子訳、水声社、二〇〇〇年）
Manguel, Alberto: *Eine Geschichte des Lesens*. Reinbek: Rowohlt Taschenbuch 2000（アルベルト・マングェル『読書の歴史――あるいは読者の歴史』原田範行訳、柏書房、一九九九年）
Marquard, Odo: »Zukunft braucht Herkunft. Philosophische Betrachtungen über Modernität und Menschlichkeit.« In: 0. M.: *Philosophie des Stattdessen*. Studien. Stuttgart: Reclam 2000
Mörike, Eduard: *Sämtliche Gedichte*. Herausgegeben von Herbert G. Göpfert. München: Piper 1987（『メーリケ詩集』森孝明訳、三修社、改訂版二〇〇〇年）
Musil, Robert: »Geschwindigkeit ist eine Hexerei.« In: R. M.: *Gesammelte Werke 7. Kleine Prosa, Aphorismen, Autobiographisches*. Reinbek: Rowohlt Taschenbuch 1981（『ムージル著作集　第9巻』松籟社、一九九七年）

Muth, Ludwig: Die Lust am Lesen. In: *Neue Zürcher Zeitung*, 28. / 29. Februar 2004, S. 65

Nadolny, Sten: *Die Entdeckung der Langsamkeit*. Roman. München: Piper 1987

Nietzsche, Friedrich: Menschliches, *Allzumenschliches*. In: *Werke in drei Bänden*, Bd. 1. München: Hanser 1954（ニーチェ『人間的、あまりに人間的Ⅰ・Ⅱ』（ニーチェ全集〈5〉〈6〉）ちくま学芸文庫、一九九四年）

Osten, Manfred: »Alles veloziferisch« oder *Goethes Entdeckung der Langsamkeit. Zur Modernität eines Klassikers* im 21. Jahrhundert. Frankfurt: Insel 2003（マンフレート・オステン『ファウストとホムンクルス――ゲーテと近代の悪魔的速度』石原あえか訳、慶應義塾大学出版会、二〇〇九年）

Paquot, Thierry: *Die Kunst des Mittagsschlafs*. Aus dem Französischen von Sabine Dzuck und Melanie Heusel. Göttingen: Steidl 2011 (L'Art de la sieste. Zulma 1998)

Pastior, Oskar: *Jalousien aufgemacht. Ein Lesebuch*. Herausgegeben von Klaus Ramm. München: Hanser 1987

Proust, Marcel: *Auf der Suche nach der verlorenen Zeit*. Bd. 1. In *Swanns Welt*. Übersetzt von Eva Rechel-Mertens. Frankfurt: Suhrkamp 1953（プルースト『失われた時を求めて』井上究一郎訳、ちくま文庫、一九九二年。鈴木道彦訳、集英社、二〇〇六年。吉川一義訳、岩波文庫、二〇一〇年他）

Rakusa, Ilma: »Die Rundfahrt.« In: I.R.: *Miramar*. Erzählungen. Frankfurt: Suhrkamp 1986

Rakusa, Ilma: »Gehen.« In: I.R.: *Steppe.* Erzählungen. Frankfurt: Suhrkamp 1990（『氷河の滴――現代スイス女性作家作品集』スイス文学研究会、鳥影社、二〇〇六年）

Rilke, Rainer Maria: *Gesammelte Gedichte.* Frankfurt: Insel 1962（『リルケ――オルフォイスへのソネット』田口義弘訳、河出書房新社、2001年）

Röggla, Kathrin: *wir schlafen nicht.* Roman. Frankfurt: S. Fischer 2004（カトリン・レグラ『私たちは眠らない』（ドイツ現代戯曲選）植松なつみ訳、論創社、二〇〇六年）

Rosa, Hartmut: *Beschleunigung.* Die Veränderung der Zeitstrukturen in der Moderne. Frankfurt: Suhrkamp 2005

Rosa, Hartmut (Hrsg.): *fast forward. Essays zu Zeit und Beschleunigung.* Hamburg: Edition Körber-Stiftung 2004

Schmid, Wilhelm: *Schönes Leben? Einführung in die Lebenskunst.* Frankfurt: Suhrkamp 2000

Schnabel, Ulrich: *Muße. Vom Glück des Nichtstuns.* München: Karl Blessing 2010

Sennett, Richard: *Der flexible Mensch. Die Kultur des neuen Kapitalismus.* Deutsch von Martin Richter. Berlin: Berlin 1998 (*The Corrosion of Character, The Personal Consequences Of Work In the New Capitalism*, Norton 1998)

Stifter, Adalbert: *Mein Leben. Ein autobiographisches Fragment.* Weitra: Bibliothek der Provinz 1996（アーダルベルト・シュティフター「わたしの生命――自伝的断片」、『シュティフター・コレクション3　森行く人』所収、松村國隆訳、松籟社、二〇〇八年）

Streeruwitz, Marlene: *Majakowskiring. Erzählung*. Frankfurt: S. Fischer 2000

Unamuno, Miguel de: *Plädoyer des Müßiggangs*. Ausgewählt und aus dem Spanischen übersetzt von Eva Pfeffer. Graz-Wien: Droschl 1996

Ungaretti, Giuseppe: *Gedichte. Italienisch u. deutsch*. Übertragung und Nachwort v. Ingeborg Bachmann. Frankfurt: Suhrkamp 1961. (『ウンガレッティ全詩集』河島英昭訳、筑摩書房、一九八八年)

Virilio, Paul: *Fluchtgeschwindigkeit*. Essay. Aus dem Französischen von Bernd Wilczek. München: Hanser 1996 (La vitesse de libération, éd. Galilée, 1995.)

Waterhouse, Peter: *passim*. Gedichte. Reinbek: Rowohlt 1986

Waterhouse, Peter: *Kieselsteinplan. Für die unsichtbare Universität*. Berlin: Edition Galrev 1990

Weibel, Peter: *Die Beschleunigung der Bilder*. In *der Chronokratie*. 2. Aufl. Bern: Benteli 2003

Weinrich, Harald: *Knappe Zeit. Kunst und Ökonomie des befristeten Lebens*. München: C.H.Beck 2004

訳注

○一一　Johann Wolfgang von Goethe: *Weimarer Ausgabe.* Vierte Abt., 39. Band, Weimar 1907.（『ゲーテ全集　第一五巻　書簡』潮出版、二〇〇三年）

○一二　ゲーテが一八二五年十一月に書いた書簡のなかでもちいた造語 veloziferisch による。この言葉は「急速Velocitas」と「ルシファー Luzifer」を組み合わせたものである。

○一三　Peter Borscheid: *Das Tempo-Virus. Eine Kulturgeschichte der Beschleunigung.* Frankfurt: Campus 2004. ペーター・ボルシャイトは、マールブルク大学の経済史・社会史の教授。ここで引用されている『テンポ・ヴィールス――加速の文化史』は彼の主著。その専門領域には老齢学も含まれる。

○一三　この「時間の豊かさ Zeitwohlstand」とは、一九八〇年代から九〇年代にかけてドイツ語圏の政治学者・経済学者のあいだで展開されてきた概念で、物質的豊かさに対置されるような意味での豊かさ。

○一四　原語の Reale Gegenwart は、もともとは神学的な用語で、教会において、あるいは聖体において、象徴としてではなく、「真に現在している」という意味で用いられる。

○一五　Odo Marquardt: „Zukunft braucht Herkunft. Philosophische Betrachtungen über Modernität und Menschlichkeit.“ In: O. M.: *Philosophie des Stattdessen.* Studien. Stuttgart: Reclam 2000. オード・マルクヴァルト（一九二八－二〇一五）は、ドイツの哲学者。

○二〇　ドイツ語圏の子どもたちにきわめて愛好された冒険小説の作家カール・マイ(Karl May、一八四二－一九一二)の長篇『ヴィネトゥ』の主人公。邦訳もある(『ヴィネトゥの冒険――アパッチの若き勇者』全二巻、山口四郎訳、筑摩書房、二〇〇三年)。

○二一　ノルウェイの人類学者（Thor Heyerdahl、一九一四－二〇〇二）。ポリネシア人の起源が南米と関わっていることを実証するために、筏の船コンティキ号によってペルーからイースター島への航海に挑戦した。一九四八年に自身の経験を著作として発表（『コンティキ号探検記』水口志計夫訳、河出文庫、二〇一三年）。またこの航海のドキュメンタリー映画もよく知られている（「コン・ティキ」一九五〇年、ノルウェイ。二〇一二年にもノルウェイで同名の映画が公開された）。

○二一　オーストリアの登山家（Heinrich Harrer、一九一二－二〇〇六）。チベットのダライ・ラマ十四世とも親交があり、著作『チベットの七年』を残している。その様子は一九九七年のアメリカ映画『セブン・イヤーズ・イン・チベット』でも描かれた。

○二一　トリエステのミラマーレの海岸。この幼少期の経験は著者の自伝的作品にも描かれている。Ilma Rakusa: *Mehr Meer. Erinnerungspassagen*, Graz: Droschl, 2009.

○二二　スイス、フランスの画家（Jean-Étienne Liotard、一七〇二－八九）。ここで言及されているのは一七五三年の作品「マリー・アデライーデ」と思われる。

○二二　カミーユ・コロー（Jean-Baptiste Camille Corot、一七九六－一八七五）は、フランスの画家。ここでは「花冠をつけた本を読む女性」（一八四五年）を思い描いているか。ゲルハルト・リヒター（Gehard Richter、一九三二－）は、ドイツの画家。ここで言及されているのは「本を読む女」（一九九四年）である。

○二三　Ludwig Muth: *Die Lust am Lesen. In: Neue Züricher Zeitung, 28. /29.* Februar 2004, S. 65. そのほか、*Glück, das sich entziffern läß*. Herder 1992. といった読書の幸せについての著作がある。

○二四　Michel Houellebecq: *DieWelt als Supermarkt. Intervention.* Deutsch von Hella Faust. Reinbeck: Rowohlt Taschenbuch 2001.（*Interventions, recueil d'essais*, Flammarion, Paris 1998）. ミシェル・ウエルベック（一九五八－）は、フランスの作家。『闘争領域

の拡大』（角川書店）、『ある島の可能性』（河出文庫）、『素粒子』、『地図と領土』（以上、ちくま文庫）、『服従』（河出書房新社）などの小説で知られる。

○二五　ここで「すぐれた生き方の術」と訳した Lebenskunst は、もともとラテン語の ars vivendi をドイツ語にそのまま移したものである。著者は本書のなかで、しばしばこの語の本来の意味に立ち返って（あるいは関連する語）を用いている（ただし、現代のわれわれが ars vivendi あるいは Lebenskunst という言葉を目にするとき、それは趣味のよい生活雑貨を扱う店をさす場合が多い）。

○二七　Joseph Brodsky: *Römische Elegien und andere Gedichte*. Aus dem Russischen von Felix Philipp Ingold. München-Wien: Hanser 1985. ヨシフ・ブロツキー（一九四〇－九六）は、ノーベル文学賞を受賞したロシアの詩人。『ヴェネツィア・水の迷宮の夢』（集英社）、『ローマ悲歌』（群像社）などの邦訳がある。

○二八　実際には、本書が執筆された時点でもすでにいくつかの映画（作品の一部）が存在する。とりわけフォルカー・シュレンドルフ監督『スワンの恋』がよく知られている（二〇一一年にはこのタイトルを冠したフランスのテレビドラマも制作された）。著者のラクーザ自身、もちろんそのことを知らないわけではないのだが、ここでは実際に映画化されているかどうかを問題としているのではなく、この文学作品が映像化から距離をとっているのだ、ということを指摘しようとしている。

○二九　Marcel Proust: *Auf der Suche nach der verlorenen Zeit. Bd. 1. In Swanns Welt*. Übersetzt von Eva Rechel-Mertens. Frankfurt: Suhrkamp 1953. プルーストのこの作品には複数のすぐれた翻訳が存在する。しかし、ほかの引用箇所でもそうだが、ここでは意図的に本文で引用されているドイツ語訳から重訳した。

○三一　Marlene Streeruwitz: *Majakowskiring*. Erzählung. Frankfurt: S. Fischer 2000. マルレーネ・シュトレールヴィッツ（一九五〇－）は、オーストリアの作家・舞台監督。邦訳に『誘惑。』（鳥影社）、『ワイキキ・ビーチ。』（論創社）などがある。

○三二　Elias Canetti: *Aufzeichnungen 1942-1948*. München: Hanser 1965.（『断想　1942-1948』岩田行一訳、法政大学出版局、一九七六年）。エリアス・カネッティ（一九〇五－九四）は、ドイツ語で数多くの著作を発表したユダヤ系作家。一九八一年にノーベル文学賞を受賞している。一九一二年にウィーンに移住、一九三八年にはナチズムを逃れてウィーンを離れ、ロンドンに移住。長篇小説『眩暈』、群衆論の重要な成果『群衆と権力』のほか、自伝的三部作『救われた舌』『耳のなかの炬火』『目の戯れ』（以上、すべて法政大学出版局）など邦訳も多数ある。

○三三　オーストリアの作家（Peter Handke、一九四二－）。小説、舞台作品、ヴィム・ヴェンダースとの共同作業による映画作品（『ゴールキーパーの不安』、『まわり道』、『ベルリン・天使の詩』）や自らの監督作品『左利きの女』のほか、ユーゴスラビア紛争やアメリカのイラク攻撃などに対する政治的発言でも知られる。邦訳も多い。

○三四　Alberto Manguel: *Eine Geschichte des Lesens*. Reinbek: Rowohlt Taschenbuch 2000.

（『読書の歴史——あるいは読者の歴史』原田範行訳、柏書房、一九九九年）。アルベルト・マングェル（一九四二－）は、アルゼンチン出身の作家。ノンフィクション系の著作が多い。言及されている『読書の歴史』は彼の代表作の一つ。

○四三　Richard Sennett: *Der flexible Mensch. Die Kultur des neuen Kapitalismus*. Deutsch von Martin Richter. Berlin: Berlin 1998. リチャード・セネット（一九四一－）は、アメリカの社会学者、とりわけ都市社会学を専門とする。

○四三　Kathrin Röggla: *wir schlafen nicht*. Roman. Frankfurt: S. Fischer 2004.（『私たちは眠らない』植松なつみ訳、論創社、二〇〇六年）。カトリン・レグラ（一九四一－）は、オーストリアの作家。演劇作品、ラジオドラマも多数執筆。

○六一　Inger Christensen: *Alfabet / Alphabet*. Aus dem Dänischen von Hans Grössel. Münster: Kleinheinrich 1990. インゲル・クリステンセン（一九三五－二〇〇九）は、デンマークの詩人。

○六一　この作品は、一冊の本全体が一つの詩となっている。タイトルの通り、アルファベット順に世界のなかのさまざまな物の名があげられてゆくが、その際、a、b、cと進んでいくにつれ、それぞれの詩行の数がフィボナッチ数列にしたがって増えてゆく。つまり、aでは一行、bでは二行、cでは一＋二＝三行、dは二＋三＝五行、eは三＋五＝八行によって構成される。この数列は、0, 1, 1, 2, 3, 5, 8, 13, 21, 34, 55, 89, 144, 233, 377, 610, 987, 1597, 2584, 4181, 6765, 10946……と急激に増えていくため、アルファベットのすべての文字をこの本のなかに収めることは実質的に不可能である。そのため、十四番目の文字である〝n〟で終わっているが、同じ原理がさらに続いていくことを、この詩は含み持たせている。デンマーク語の原書ではアルファベット順に挙げられている言葉が、ラクーザが引用しているドイツ語訳ではかならずしもそのアルファベットで始まる語とはなっていないことも多い（例えば、c の「セミ zikaden」や「杉 Zeder」など）。本書では、a、b、c、そして中略ののち、f の詩行が引用されている。

○六七　Peter Handke: *Über die Dörfer*. Ein dramatisches Gedicht. Frankfurt: Suhrkamp 1981.

○六八　Milan Kundera: *Die Langsamkeit*. Roman. Aus dem Französischen von Susanna Roth. Frankfurt: Fischer Taschenbuch 1998.（ミラン・クンデラ『緩やかさ』西永良成訳、集英社、一九九五年）

○六八　Hans-Georg Gadamer: *Die Aktualität des Schönen. Kunst als Spiel, Symbol und Fest*. Stuttgart: Reclam 1977.

○六九　Adalbert Stifter: *Mein Leben. Ein autobiographisches Fragment*. Weitra: Bibliothek der Provinz 1996.（アーダルベルト・シュティフター「わたしの生命——自伝的断片」『シュティフター・コレクション3　森行く人』所収、松村國隆訳、松籟社、二〇〇八年）

○七一　Oswald Egger: *Prosa. Proserpina. Prosa.* Frankfurt: Suhrkamp 2004. オスヴァルト・エガーは、ドイツ語圏の作家。

○七六　フランスの思想家（Paul Virilio、一九三二－）。テクノロジーとメディアの論客として知られる。

○七九　イタリアの詩人・随筆家・文献学者（Giacomo Leopardi、一七九八－一八三七）。『ジバルドーネ』は一八一七年から三二年のあいだに書かれた日記風の省察録である。

○七九　Paul Virilio: *Fluchtgeschwindigkeit.* Essay. Aus dem Französischen von Bernd Wilczek. München: Hanser 1996.（*La vitesse de libération.* Essai. Galilée, Paris 1995.）

○八一　東ベルリン出身のドイツの演出家（Frank Castorf、一九五一－）。一九九二年からベルリンの劇場、フォルクスビューネの監督・演出家。

○八二　Peter Kümmel: „Springteufel der Lüste. Sind die deutschen Bühnen in den Händen der Pornografen?“ In: *Die Zeit*, 6. Februar 2003, Nr. 7, S. 36. ペーター・キュメルは、ドイツのジャーナリスト。週刊紙『ディー・ツァイト』の演劇担当記者。

○八三　スイスの演出家・劇音楽の作曲家（Christoph Marthaler、一九五一－）。

○八七　Vilém Flusser: *Die Schrift. Hat Schreiben Zukunft?* Göttingen: Edition Immatrix 1987. ヴィレム・フルッサー（一九二〇－九九）は、メディアとコミュニケーションの思想家。邦訳に、『サブジェクトからプロジェクトへ』、『テクノコードの誕生』

（以上、東京大学出版会）、『写真の哲学のために』（勁草書房）などがある。

〇九二　Peter Waterhouse: *passim*. Gedichte. Reinbek: Rowohlt 1986. ペーター・ウォーターハウス（一九五六－）は、ベルリン生まれのオーストリアの作家。本文中では「抒情詩人」と呼ばれているが、それはここで引用している詩集『パッシム』の作者としてであって、実際にはさまざまな文学ジャンルの作品を執筆している。

〇九五　Oskar Pastior: *Jalousien aufgemacht. Ein Lesebuch. Herausgegeben von Klaus Ramm.* München: Hanser 1987. オスカール・パスティオール（一九二七－二〇〇六）は、ルーマニア系ドイツ人の詩人・翻訳家。

〇九八　Ludger Lütkehaus: *Auf der Suche nach der vergeudeten Zeit. Gesellschaft in der Warteschleife.* In: *Neue Züricher Zeitung*, 2. Juli 2004, Nr. 151, S. 44. ルートガー・リュトケハウス（一九四三－）は、ドイツの哲学者・文学研究者。

〇九九　Peter Waterhouse: *Kieselsteinplan. Für die unsichtbare Universität.* Berlin: Edition Galrev 1990.

一〇五　Kathrin Röggla: *wir schlafen nicht.* Roman. Frankfurt: S. Fischer 2004.

一〇六　Marc Aurel: *Selbstbetrachtungen.* Übs., mit Einleitung u. Anmerkungen v. Albert Wittstock. Stuttgart: Reclam 1959.（マルクス・アウレリウス『自省録』鈴木照雄訳、講談社学術文庫、二〇〇六年）

一〇六　Sten Nadolny: *Die Entdeckung der Langsamkeit.* Roman. München: Piper 1987. ス

テーン・ナドルニー（一九四二－）は、ドイツの作家。ここで言及されている一九八三年の小説『ゆっくりしていることの発見』はベストセラーとなった。

一〇八　Michel Houellbecq: *Die Welt als Supermarkt. Interventionen*. Deutsch von Hella Faust. Reinbeck: Rowohlt Taschenbuch 2001.

一〇九　ドイツの心理学者、老年学研究者（Paul B. Baltes、一九三九－二〇〇六）。

一一〇　György Konrád: Du kannst flanieren. In: *Neue Zürcher Zeitung*, 28./29. August 2004, Nr. 200, S. 61. ジェルジ・コンラート（一九三三－）は、ハンガリーの作家。数多くの長篇小説、エッセイを書いている。ナチズム、ハンガリー動乱がしばしばテーマとなる。

一一〇　Bora Ćosić: *Die Zollerklärung*. Aus dem Serbischen von Katharina Wolf-Grießhaber. Frankfurt: Suhrkamp 2001. ボラ・チョシチ（一九三二－）は、ザグレブ生まれのセルビアの作家。一九九二年にミロシェヴィッチ政権への抗議から祖国を離れ、クロアチア、ベルリンに移住。ドイツ語での著作も多い。引用中のオブローモフ、マルテ、エストラゴンは、それぞれゴンチャロフ『オブローモフ』、リルケ『マルテの手記』、ベケット『ゴドーを待ちながら』の登場人物。

一一五　Ray Bradbury: *Fahrenheit 451*. Roman. Aus dem Amerikanischen von Fritz Güttinger. Zürich: Diogenes 1981. レイ・ブラッドベリ（一九二〇－二〇一二）は、SF、ファンタジー、ホラー、ミステリーなどのジャンルを手がけたアメリカの作家。引

用の『華氏四五一度』（一九五三年）が飛び抜けてよく知られているが、ほかにも多数の作品が日本語に翻訳されている。

一一六　Miguel de Unamuno: *Plädoyer des Müßiggangs*. Ausgewählt und aus dem Spanischen übersetzt von Eva Pfeiffer. Graz-Wien: Droschl 1996. ミゲル・デ・ウナムーノ（一八六四－一九三六）は、スペイン・ビルバオ出身の哲学者、作家、詩人。ホセ・オルテガ・イ・ガセットにも影響を与えた。『ウナムーノ著作集』全五巻（『スペインの本質』、『ドン・キホーテとサンチョの生涯』、『生の悲劇的感情』、『虚構と現実』、『人格の不滅性』、法政大学出版局）等の邦訳がある。

一一七　ここでは言葉遊び的に言葉の意味の本質に迫っている。ドイツ語でWeileとは「（ある程度の比較的短い）時間」を意味する。Langeweile（退屈）はもともとlange Weile（長い時間）から来た言葉であり、同じようにKurzweil（気晴らし、退屈しのぎ）という言葉はkurze Weile（短い時間）から来ている。

一一七　Wilhelm Genazino: »Omnipotenz und Einfalt. Über das Scheitern.« In: W. G.: *Der gedehnte Blick*. München: Hanser 2004. ヴィルヘルム・ゲナツィーノ（一九四三－）は、ドイツの作家。ビュヒナー賞受賞は二〇〇四年。その他、フォンターネ賞、クライスト賞をはじめとして多数の文学賞を受賞している。彼が脚光を浴びることになった二〇〇一年の小説『そんな日の雨傘に』には邦訳（白水社）がある。

一一九　Peter Handke: *Versuch über die Müdigkeit*. Frankfurt: Suhrkamp 1989.

一二〇　Giuseppe Ungaretti: *Gedichte. Italienisch u. deutsch.* Übertragung und Nachwort v. Ingeborg Bachmann. Frankfurt: Suhrkamp 1961.（河島英昭訳『ウンガレッティ全詩集』筑摩書房、一九八八年）。ジュゼッペ・ウンガレッティ（一八八八－一九七〇）は、イタリアの詩人。ここに引用された詩は四つの語だけから成り立つ非常によく知られたもの。

一二二　トリエステは、著者のイルマ・ラクーザが幼少期を過ごした場所の一つ。著者が住んでいたのは、トリエステ市街とミラマーレ城の中間にあるバルコラの海岸から徒歩で十分ほど山あいに入ったところ。トリエステは第一次世界大戦までハプスブルク帝国に属していたが、その後はイタリア王国領となる。第二次世界大戦後は、イタリアとユーゴスラビアとのあいだで帰属に関する紛争が生じ、北側（イタリア寄り）はトリエステ自由地域として国際連合の管理下におかれた。これが「ゾーンA」。トリエステ市街もゾーンAに含まれる。それに対して、南側の「ゾーンB」はユーゴスラビアが占領し、管理下においた。

一二三　トリエステの海岸で母と過ごした時間、シエスタの時間に鎧戸から漏れる光によって映し出される「光のうさぎ」や、そこで頭のなかで繰り広げられるさまざまな物語などについては、著者の自伝的作品『もっと海を *Mehr Meer*』（二〇〇九年）のなかで詳しく語られている。

一二四　Denis Grozdanovitch: *Kleine Abhandlung über die Gelassenheit.* Aus dem Französischen von Tobias Scheffel. München: Liebeskind 2004.（Petit traité de désinvolture, éditions José Corti, 2002 ; Seuil Points, 2005.）ドニ・グロダノビッチ（一九四六－）は、フランスの作家。チェス、テニス、スカッシュの名手としても知られる。

一二四　Wilhelm Schmid: *Schönes Leben? Einführung in die Lebenskunst*. Frankfurt: Suhrkamp 2000. ヴィルヘルム・シュミット（一九五三－）は、ドイツの哲学者。人はどのように生きるかということに重点を置いた哲学を展開する。

一二五　「よく生きる術」と訳した Lebenskunst という言葉は、ドイツ語のなかで特有の意味領域をもつ。日常的な意味では、その状況のなかで最も良い選択肢を選び取るような上手な生き方の術、世渡りの上手さといったニュアンスをとることもあれば、また豊かなライフスタイルを作り出すことにかかわる消費文化のコンテクストで使われることもある。しかし、もともとこの言葉はラテン語の ars vivendi に由来するものとして、人がどのように生きていくかという古代ギリシア、ローマの哲学における根本的な問いにつながる。ここでの「生き方（生きる術）Lebenskunst」という言葉自体とともに、「生きることの技術 Technik des Lebens」はもともとの ars vivendi を明確に意識した表現である。

一二五　「ビーダーマイアー」とは、フランス革命による自由主義の波がヨーロッパをいったんかきまわしたあと、一八一五年のウィーン体制によって保守反動的復古的な傾向が政治だけでなく、人々の価値観や様式をもかたち作っていた時代のドイツ・オーストリアの文化的特質をさす。市民が、政治の荒波にかかわることなく、自分の家庭のなかの小さく穏やかな世界にこもる傾向が顕著である。十九世紀前半のドイツ・オーストリアには、ビーダーマイアーの文学とともに、室内装飾（家具等）や服飾にも「ビーダーマイアー様式」が広く見られる。

一二五　Paul Lafargue: *Das Recht auf Faulheit*. Grafenau: Trotzdem Verlagsgenossenschaft 2004.（『怠ける権利』田淵晋也訳、平凡社ライブラリー、二〇〇八年）。ポール・ラファルグ（一八四二－一九一一）は、フランスの社会主義者、ジャーナリストにして批評家。マルクスやエンゲルスとも個人的に深くかかわる（妻はマルクスの次女）。一八八〇年に刊行（一八八三年に改訂）された本書が彼の主著。

一二六　Kazimir Malević (Kasimir Malewitsch): *Gott ist nicht gestürzt! Schriften zu Kunst, Kirche, Fabrik*. Herausgegeben und kommentiert von Aage A. Hansen-Löve. München: Hansen-Löve. München: Hanser 2004.（『零の形態——スプレマチズム芸術論集』宇佐見多佳子訳、水声社、二〇〇〇年）。カジミール・マレーヴィチ（一八七八－一九三五）はロシア／ソ連の画家。一九一〇年頃にキュビスムの強い影響を受けたのち、一九一〇年代の半ばに「シュプレマティスム」と呼ばれる抽象芸術の極点にまで進んでゆく。そこではある具体的対象を描くという美術の伝統が完全に放棄されている。そういった方向性を最も端的に示すものとして、とりわけ一九一五年の「黒の正方形」がよく知られている。一九三〇年代の初頭、スターリン政権下でアヴァンギャルド芸術全般が収束に向かうと、彼も具象画に戻った。

一三四　Peter Handke: *Versuch über den geglückten Tag*. Frankfurt: Suhrkamp 1991.

一三六　Ilma Rakusa: „Die Rundfahrt“. In: I.R.: *Miramar*. Erzählungen. Frankfurt: Suhrkamp 1986.

一三九　Wilhelm Genazino: „Omnipotenz und Einfalt. Über das Scheitern.“ In: W.G.: *Der gedehnte Blick*. München: Hanser 2004.

一三九　ブルガリア出身のフランスの思想家・批評家（Tzvetan Todorov、一九三九－）。一九六〇年代フランスの記号学・構造主義の隆盛のなか、バルト、クリステヴァとともに文学理論家として重要な位置を占めた。ロシア・フォルマリズムのテクストをフランス語に翻訳した。その著作はほぼすべて日本語に翻訳されている。

一四二　ハンガリーの批評家（László F. Földényi、一九五二－）、翻訳者としても活動している。

一四六　Johann Wolfgang von Goethe: *Weimarer Ausgabe*. Vierte Abt., 39. Band, Weimar 1907. (Goethes Brief an Zelter vom 7. Juni 1825).（『ゲーテ全集　第一五巻　書簡』潮出版、二〇〇三年）。

一四七　Robert Musil: „Geschwindigkeit ist eine Hexerei.“ In: R. M.: *Gesammelte Werke 7. Kleine Prosa, Aphorismen, Autobiographisches*. Reinbek: Rowohlt Taschenbuch 1981 (S. 685).（『ムージル著作集　第九巻』松籟社、一九九七年）。

一四九　Musil, S. 684.（『ムージル著作集　第九巻』松籟社、一九九七年）。

一五〇　Victor Hugo: *Correspondance familiale et écrits intimes. Bd. 2, 1828-1839*. Paris: Robert Laffont 1991.

一五一　Ray Bradbury: *Fahrenheit 451*. Roman. Aus dem Amerikanischen von Fritz Güttinger. Zürich: Diogenes 1981.

一五二　Peter Weibel: *Die Beschleunigung der Bilder. In der Chronokratie*. 2. Aufl. Bern: Benteli 2003. ペーター・ヴァイベル（一九四四－）は、オーストリアの芸術家、芸術・メディア理論家。

一五二　Paul Virilio: *Fluchtgeschwindigkeit*. Essay. Aus dem Französischen von Bernd Wilczek. München: Hanser 1996.

一五二　Johann Wolfgang von Goethe: *Weimarer Ausgabe*. Vierte Abt., 39. Band, Weimar 1907. (Ernst Beutler [Hrsg.], Gesamtausgabe der Werke. Briefe und Gespräche, Bd. 21. Zürich 1951, S. 634; Osten (2003), S. 11, 19.)

一五六　Wolfgang Büscher: *Berlin - Moskau. Eine Reise zu Fuß*. Rowohlt, Berlin 2003. ヴォルフガング・ヴュッシャー（一九五一－）は、ドイツのジャーナリスト、作家。ここで言及されているものだけでなく、いくつかの旅行記を書いている。

一六〇　Peter Handke: *Der Bildverlust oder Durch die Sierra de Gredos*. Frankfurt: Suhrkamp 2002.

一六一　Ilma Raukusa: „Gehen". In: I. R.: *Steppe*. Erzählungen. Frankfurt: Suhrkamp 1990.（新本史斉訳「歩く」、『氷河の滴――現代スイス女性作家作品集』鳥影社、二〇〇七年所収）

一六二　Rainer Maria Rilke: *Gesammelte Gedichte*. Frankfurt: Insel 1962.（『リルケ――オルフォイスへのソネット』田口義弘訳、河出書房新社、二〇〇一年）。

日常を離れた時間の流れの中で

多和田葉子

イルマ・ラクーザと初めて出逢ったのは一九九〇年代の半ば、オーストリアのグラーツでのことだった。毎年行なわれる「シュタイエルマルクの秋」という文学祭で、いろいろな国の作家が二十人くらい参加していたように記憶している。今「いろいろな国」と書いたが、当時のわたしはあまりにも安易に、「あの人はドイツの作家だ」とか「あの人はフランスの作家だ」とかいう説明で満足してしまっていた。しかし、ラクーザとの出逢いは、「ヨーロッパの作家」という存在が実際にあることを初めて教えてくれた。国籍だけを問えば、ラクーザはスイス人であり、創作言語はドイツ語である。ところが、数人の作家が集まって雑談していた時、母語の話になり、ラクーザは、母親がハンガリー人なので自分の「母語」はハンガリー語だと言った。だから息子が生まれた時も自然とハンガリー語で話しかけていたそうだ。ただし幼児の頃からスイスに住んでいて、初等教育からドイツ語で受けたので、主要言語はドイツ語で、創作もドイツ語でする。

ラクーザはグラーツでのフェスティバルでは、自分の作品を朗読しただけでなく、フランスの作家の通訳をしながら、対談した。その時、ラクーザがフランス文学を専攻し、フランス文学からの翻訳家でもあり、マルグリット・デュラスなど訳していることを知った。日本で育ったわたしはあまりにも安易に、「あの人はドイツ文学者だ」とか「あの人はフランス文学の訳者だ」という説明で全部わかった気になってしまう。ところが、ラクーザは、マリーナ・ツヴェターエヴァの翻訳者としても有名で、レニングラードに留学していたことがあり、チューリッヒ大学でロシア文学を教えていることを知った。さらに、ノーベル文学賞を受賞したハンガリーの作家イムレ・ケルテスやユーゴスラビア出身のダニーロ・キッシュの作品もドイツ語に訳している。

ラクーザの父親はスロヴェニア人だが、だから生まれつきスラブ系の言語ができるわけではない。ヨーロッパ人は両親がいろいろな国から来ているから自然と複数の言語ができるのだろうとわたしたちは考えがちだが、何もしないでも自然に文学レベルの言語が身につくということはありえない。ラクーザはあくまで例外であり、平均的なヨーロッパの作家ではない。ただし、みんなが理想として思い描く「ヨーロッパ」を体現している女性だと言うことはできるかもしれない。

グラーツで会ってから、ラクーザの活躍ぶりを時々目にすることになった。彼女はチューリッヒ、わたしは当時はハンブルグに住んでいたのだが、ハンブルグの文学センターに東欧の作家が呼ばれた時に、ラクーザがその作家を紹介し、翻訳を朗読し、対談相手になるということもよくあった。作家の中には自分についてしか語れないナルシストが多いが、ラクーザは全くその逆で、これまでに書かれてきた世界文学の言葉、同時代作家たちが書いている現在の言葉を、曇りのない好奇心と磨かれた分析力と豊かな知識で、しなやかに言葉にしていく。他の作家について語っているのだから文学研究の言語に近いはずなのに、彼女の口から出る文章はどれも美しい。核心をついていて、無駄がないのに優雅なのだ。彼女は何より言葉そのものを愛する人間であり、そういう意味において、文学を創作することと、文学について語ることの間の境界線など自然と消してしまえるような、稀に見る作家なのだ。そのことが、この本を読んでいるとますますはっきりしてくる。

最近の人は小説を読まなくなったと嘆く年配の文化人は多いが、読書の喜びを伝える文章には滅多に出逢うことがない。ある小説について書評や研究論文を書くことはできても、その小説を読む「喜び」を伝えるのはとても難しい。だから、本そのものは図書館に残るかもしれないが、それを読んだ人たちの喜びは形を残さずに消えていってしまうのではないか、と時々思うことがある。読書そのものの喜びを描くのは、もっと難しい。それほど捉えるのが難しいものを繊細な筆先ですくいとって、見事に描きだしてくれたラクーザに感謝したい。

「忙しい世の中だから、もうすこしのんびりしたい」というのは誰でも感じていることかもしれない。それだけなら別にめずらしいテーマではない。しかしラクーザの言う「ゆっくりさ」とは、仕事のスピードを落とすとか、休暇を長く取るということではない。読書を通して、別の時間の流れ方を知るということである。

優れた小説を読んでいると、それぞれの単語や文章が様々な記憶や連想を呼び起こし、先へ読み進みたいという気持ちと比例して、その場にとどまり、もっと味わいたいという気持ちが強まる。すると時間は前方にではなく、深みに向かって進行し始める。

暴力的な情報にふりまわされ、溺れそうになりながら生きるわたしたちは、本の中に何百年も何千年も保存された言葉を一つ一つ手にとって吟味することで、居場所をつくることができる。メディアから流れ出る情報は、爆撃、テロ、殺人の行なわれた場所と死者の数を次々投げつけてくるだけで、自分が何をしたらいいのかをじっくり考える時間は奪われ、ふりまわされ、疲れるだけの日常からどうやって逃れたらいいのかわからなくなる。

そんな中、過去に書かれた言葉を注意深く読むことで、自分の時間の流れをつくることができる。ゆっくりとした時間、ゆっくりしているけれども過去へ未来へと何千年も跳躍できる力強い「遅さ」である。文学を読むことによってそういう時間が得られるのだ、という当たり前のようで難しいことを、この本はしっかり伝えてくれる。

ラクーザは、田舎にひっこんでスローライフを送るような作家ではない。他の国際作家と同じようにいつも世界を飛び回っている。それでも例えば、カリフォルニアの砂漠に行けば、夕日のかもしだす不思議な色彩をぱちぱち写真に撮ってその場を去るのではなく、その色を言葉でどう描写するのか、足をとめて考える。そこで時間の流れが変わる。

数年前、彼女が初めて日本を訪れた時のことである。旅の最後の一週間は忙しく京都や東京でイベントに追われたが、その前に一人名古屋で何もすることのない日々を送ったそうだ。スケジュールぎっしりの旅行しか知らない人なら、退屈しないかと心配したのではないかと思う。京都なら観光する場所が無数にあるが、名古屋である。ところが彼女は全く退屈しなかったそうだ。毎日散歩に出て、お地蔵さんやお稲荷さんに挨拶し、毎日違った洗濯物の干されているのを眺め、わたしたちがもう見つめることを忘れてしまっている何千という事物をくりかえし見つめた。そうする中で、事物と言葉はゆっくりと歩み寄り、出合い、詩が生まれた。

せかされない時間の流れの中にしか文学が存在しないのと同時に、文学なしには、ゆっくりと流れる豊かな時間を味わうのは難しいということではないかと思う。

（小説家、詩人）

訳者あとがき

ジェイムズ・ジョイスの墓のあるフルンテルン墓地によろしければお連れしましょうかというお申し出に、チューリヒ大学でおこなわれていたシンポジウムの他の参加者数人とともにラクーザさんの車に乗せていただいた。フルンテルン墓地はチューリヒ市街の東側に広がる小高い丘、チューリヒベルクにある。道すがら、遠方に広がるチューリヒ湖を見渡せるところがいくつかあったように思う。墓地をとりまく自然のなかでラクーザさんとお話をしながら、ゆったりとした時間を感じていた。ジョイスの墓のとなりには、その場所を希望したエリアス・カネッティの墓がある。シンポジウムのお昼の休憩の、ごく限られた時間のことだったのだが、そこにはまったく別の時間が流れていた。大学への帰り道、チューリヒベルクから降りてくる車のなかで、ここが私の家なのですよと教えていただいた。それからちょうど二年後、この本の翻訳についていろいろと話をするために、私はこの家を訪れることになる。

ラクーザさんと初めてお会いしたのは、多和田葉子さんの紹介により、私が勤めている東京外国語大学でお二人の朗読会を開催したときのことだった。このとき、多和田さんの朗読とともに、スイス書籍賞を受賞したラクーザさんの自伝的作品『もっと海を（Mehr Meer）』（二〇〇九年）から三つの章と、そしてロシアの詩人、マリーナ・ツヴェターエワの二つの詩が朗読された。ラクーザさんのドイツ語のテクストは、私のドイツ文学の授業のなかで学生たちが翻訳を試みており、この朗読会でも学生の一人がその日本語の翻訳を朗読した。そして、ツヴェターエワの詩は、ツヴェターエワの研究者である同僚の前田和泉氏が、自身の日本語訳によって朗読した。

このようにいくつかの言語が飛び交う、感銘を与える朗読会となったのだが、こういった多言語的な空間（といってもこのときは三カ国語に過ぎない）は、ラクーザさんの活動の一端を示すものである。『もっと海を』のなかでも詳しく語られているのだが、ラクーザさんはスロヴェニア人の父とハンガリー人の母のあいだに生まれ、ブダペスト（ハンガリー）、リュブリャーナ（スロヴェニア）、トリエステ（現在イタリア）、そしてチューリヒ（スイス）で幼少期を過ごしている。こういった環境がそのまま単純に現在の多言語的な活動につながるわけではないだろうが、ヨーロッパのさまざまな言語空間・文化空間を移り変わりながら世界をとらえるまなざしは、ラクーザさんの感覚のなかに深く根ざしているように思われる。現在ラクーザさんは、作家としてドイツ語で作品を次々と発表するとともに、ロシア語、セルビア・クロアチア語、ハンガリー語、フランス語の文学作品、とりわけツヴェターエワ、ダニロ・キシュ、ナーダシュ・ペーテル、そしてマルグリット・デュラスの翻訳者でもある。チューリヒのご自宅を訪れた際に、膨大な蔵書を見せていただいたが、さまざまな言語の文学・哲学・芸術を中心とするきわめて幅広い関心領域に納得するとともに、書棚におかれた本たちからも、ラクーザさんの本に対する愛情がにじみ出ているのを感じ取らずにはいられなかった。それはもちろん本の中味に対するものでもあるけれど、同時にそれらの本そのものに対する愛情でもある。私も特別な時間が流れるその空間のなかで、例えばインゲル・クリステンセンのデンマーク語／ドイツ語対訳の『アルファベット』を開き、その感触に引き込まれていた。

再び二年前に遡る。チューリヒでおこなわれていたシンポジウムの会場で、ラクーザさんは私に一冊の小さな本を手渡した。この本はできるだけ多くの言語に翻訳してほしいと思っているのです、とラクーザさんは言った。それがこの『ラングザマー』だった。その言葉を聞いたとき、一瞬疑問符が頭に浮かんだものの、作家としてはごく自然な願望を言い表わしているようにも思えた。それが特別な意味をもつ言葉だとわかったのは、帰りの飛行機のなかでこの本を読んだときのことである。

「ラングザマー（langsamer)」とは、ドイツ語の形容詞 langsam（ゆっくり）の比較級である。原書のタイトルではさらに感嘆符がついている。つまり、直訳すれば「もっとゆっくりと」ということになる。読んでいただければ分かるように、これはますます加速化が進んでゆく現代社会に対して距離をとろうとする本である。こういったテーマ自体は、ヨーロッパでも日本でもさまざまなかたちで語られている。しかし、いうまでもないことだが、この本でわれわれが読むのは、決して生活のアドバイスのようなものではない。ここで語られているのは、本を読む、とりわけ文学を読むという特別な時間の経験であり、またそのような経験と重なり合って、寄り添うように世界をとらえる感覚である。著者はこのような感覚を、例えばこのなかでも何度か引用されているペーター・ハントケのまなざしのうちに重ね合わせている。このような感覚がますます失われている社会のなかで、言葉と世界の小道をたどりながら、「ゆっくりしていること」「ゆとりの時間」「何もしないこと」について語りかけるこの本は、ハンガリー語、ブルガリア語についで三カ国語目の翻訳となるが、カトリン・レグラの『私たちは眠らない』の国、日本でこの翻訳が出版されるということは、大きな意味をもつのではないだろうか。

イルマ・ラクーザさんは、ズーアカンプ社をはじめとする出版社から、これまで多数の小説・エッセイ・詩、そして翻訳を精力的に発表し、二〇一六年、七十歳の誕生日には、『ノイエ・チュルヒャー・ツァイトゥング（NZZ）』（スイスで大きな影響力をもつだけでなく、ドイツ語圏全体を通じて高品位な有力紙とみなされている新聞）紙上に、仲間の作家から愛情のこもったお祝いのエッセイが写真とともに掲載されている。

そのようなラクーザさんだが、単行本として作品が日本で紹介されるのは実はこれがはじめてである。イルマ・ラクーザという名前は、ヨーロッパ三十三カ国、三十三人の作家による論集『ヨーロッパは書く』（新本史斉他訳、鳥影社、二〇〇八年）の編集者の一人として、ご存知の方がいるかもしれない。ヨーロッパ横断的な視点から「ヨーロッパ」を再考するシンポジウムから生まれたこの書物（原書は二〇〇三年刊行、アメリカによるイラク戦争の年である）において中心的役割を果たしているということもまた、ラクーザさんの立ち位置を如実に示しているといえるだろう。

「ゆっくり」していることをテーマとするこの『ラングザマー』のなかでも、とりわけゆったりとした感覚を感じさせる箇所がいくつかある。一つはペーター・ハントケのいくつかのテクストが引き合いに出されているところであり、もう一つは著者自身の作品あるいは経験について語られているところである。とりわけ「ゆとりの時間」の章のなかで描かれているトリエステ近くの海辺での幼少期の経験は、『ラングザマー』初版（二〇〇五年）の四年後に出版された自伝的エッセイ『もっと海を』のなかでも印象的な記憶の絵画となっている。ラクーザさんと出会うきっかけとなった朗読会では、まさにその箇所が選ばれていたのだが、私は、リュブリャーナでの幼少期の風景とともに、このトリエステ近くにあるバルコラの海岸と、そして石灰岩の丘陵地帯から見るアドリア海の情景に、テクストのなかでとりつかれていた。そしてその感覚は『ラングザマー』によって増幅された。実際にリュブリャーナとトリエステをゆったりと何日か歩き回り、そして海で泳ぎ、いわば『もっと海を』や『ラングザマー』のイメージをたどっていったのは、ラクーザさんのご自宅を訪問する数カ月前のことだった。もちろん、テクストを必ずしもそのようにたどってゆく必要はない。私の場合、これらの本での世界に寄り添うようなまなざしが、そのまま実際にそれらの場所のさまざまな小道やできごとに触れさせてくれる力をもっていたということなのだろう。この幼少期の幸せなテンポ感は、ラクーザさんの研究者（ラクーザさんはかつてチューリヒ大学のスラブ学専攻で教えていた）としての切れのよいテンポ感とともに、『ラングザマー』のなかに保たれている。ちなみに、この『もっと海を』は、ラクーザさんの短篇小説の一つを最初に日本語に翻訳した新本史斉氏（津田塾大学）によって、邦訳が刊行される予定である。

『ラングザマー』を読んだ方が誤解しないように申し添えておきたいのだが、ラクーザさんは現代社会から身を引いて隠遁生活をしているわけでは決してない。もちろんコンピュータも使っているし、私とのやり取りもメールである。そして、ジャンボジェット機に乗って世界中を旅している。その意味では、少なくとも外から見た限りでは、ごくふつうの現代人である。ただ、その旅のなかで、生活のなかで、ラクーザさんの時間が立ち現われるのだと思う。そして、ラクーザさんの詩の言葉が。エッセイとして書かれた『ラングザマー』も『もっと海を』も、テクスト全体が詩の言葉である。ラクーザさんがはじめて日本を訪れた二〇一三年、ドイツ語圏の「越境文学」作家の研究を精力的におこなっている土屋勝彦氏（当時名古屋市立大学、現在は名古屋学院大学）の招聘によって名古屋に数日滞在していたのだが、そのときにラクーザさんが目にした、ごく日常的な狭い街路やそこで生活する人々へのまなざしが、その翌年に刊行された短篇小説集『転がる〝r〟との孤独』のなかの「名古屋」という作品となって姿を現わしている。そこにもやはり特別な時間が流れているように思う。

＊

翻訳上の技術的なことがらについていくつか記しておきたい。

本書は、Ilma Rakusa, *Langsamer!* Graz / Wien: Literaturverlag Droschl, 6., ergänzte Auflage 2012 の全訳である。

引用されている文学テクストは、ドイツ語圏ではない作品についても、すべてドイツ語への翻訳が用いられている。それらのうち、邦訳がないものについては当然のこととして、例えばプルーストの『失われた時を求めて』やブラッドベリの『華氏四五一度』などのよく知られた、そして複数の翻訳がすでにある作品についても、フランス語や英語からの既訳をそのまま用いるのではなく、あえてドイツ語に翻訳されているテクストを日本語に重訳するという方針をとった。それは、著者がそこでたどっているドイツ語のテクストの感覚をできれば日本語でもたどりたいという（本来は不可能な）願望のためであり、そしてまた、翻訳とは決して便宜的な代替手段ではなく、そこで新しい言葉の世界が生み出される場であるという思いのためでもある。とくに『華氏四五一度』では、ドイツ語に翻訳されている時点で、もとの英語のテクストから（言葉そのものの対応関係としては）変えられているところがあるため、邦訳を知る人にとっては違和感もあるだろう。その違和感を楽しむことも、翻訳という行為のうちに含まれているのではないかと思う。

全体は「はじめに」をのぞいて九篇のエッセイからなる。それらの章のそれぞれに括弧に入れられたもう一つのタイトルのようなものが付されているが、これらはサブタイトルというよりも、各章のタイトルと響き合うイメージと思っていただいてよいだろう。あまり説明するのも無粋ではあるが、各章のドイツ語タイトル（および括弧内の語）の冒頭の文字を順番につなげてゆくと、LANGSAMERとなる。

＊

『ラングザマー』の翻訳は、おもに、訳者が勤務している東京外国語大学から与えられた「特別研修」（サバティカル）でベルリンに滞在していた半年間のうちに進められた。この期間は、それなりにハードに仕事をこなしてはいたものの、少なくともこの翻訳をおこなっているときには「ゆっくり」とした時間のなかで楽しんでやっていたように思う。その機会を与えていただいた大学にまずは感謝したい。この「特別研修」の時間を与えてくれたのは、それとともに家族だった。ベルリンで過ごした半年間は、妻からの贈り物といってもよいもので、この場を借りて、妻と子どもたちに心からの感謝の気持ちを伝えたい。

多和田葉子さんには、ラクーザさんとの出会いについても、そしてラクーザさんと再会したチューリヒのシンポジウムのときにも、ほんとうにお世話になった。そういったつながりで、そして、ラクーザさんからのたってのお願いということで、本書のためにラクーザさんについてのエッセイを快く引き受けていただいた。心より御礼申し上げたい。

そして、この翻訳の出版を引き受けていただいた共和国の下平尾直氏に深い感謝の気持ちを捧げたい。下平尾氏からは、適確なアドバイスと指示をいただいたが、ドイツ語原題の音をそのままカタカナにした『ラングザマー』という少し大胆な日本語タイトルは、下平尾氏の提案によるものである。

山口裕之

二〇一六年九月、東京

Lektüre (**L**iebe)

Arbeit (**A**nmut)

Natur (**N**ichtstun)

Geschwindigkeit (**G**renze)

Schrift (**S**chlaf)

Auszeit (**A**lter)

Muße (**M**ärchen)

Erlebnis (**E**ntschleunigung)

Reise (**R**uhe)

イルマ・ラクーザ

Iluma RAKUSA

1946年、スロヴェニアに生まれ、現在はチューリヒに暮らす。小説家、アンソロジスト、研究者として、またロシア語からマリーナ・ツヴェターエヴァ、フランス語からマルグリット・デュラスなどの翻訳家としても国際的に活躍している。ペトラルカ翻訳賞(1991)、ライプツィヒ・ヨーロッパ相互理解賞(1998)、シャミッソー賞など多数の文学賞を受賞。単著としては本書が本邦初訳となる。ほかの邦訳に、『ヨーロッパは書く』（ウルズラ・ケラーとの共編著、2008)、短篇小説「歩く」（『氷河の滴――現代スイス女性作家作品集』所収、2007、以上鳥影社）がある。

山口裕之

YAMAGUCHI Hiroyuki

一九六二年、広島に生まれる。東京外国語大学教授。東京大学大学院総合文化研究科後期博士課程修了（学術博士）。専攻は、ドイツ文学、思想、表象文化論。著書に、『映画に学ぶドイツ語』（東洋書店、二〇一二）、『ベンヤミンのアレゴリー的思考――デーモンの二義性をめぐる概念連関』（人文書院、二〇〇三）など。訳書に、フローリアン・イリエス『1913　20世紀の夏の季節』（河出書房新社、二〇一四）、『ベンヤミン・アンソロジー』（編訳、河出文庫、二〇一一）、カール・クラウス『黒魔術による世界の没落』（共訳、現代思潮新社、二〇〇八）などがある。

二〇一六年一〇月三〇日印刷
二〇一六年一一月一〇日発行

ラングザマー　世界文学でたどる旅

著者……イルマ・ラクーザ
訳者……山口裕之
発行者……下平尾　直
発行所……株式会社　共和国　editorial republica co., ltd.
東京都東久留米市本町三-九-一-五〇三　郵便番号二〇三-〇〇五三
電話・ファクシミリ〇四二-四二〇-九九九七
郵便振替〇〇一二〇-八-三六〇一九六　http://www.ed-republica.com
印刷……精興社
ブックデザイン……宗利淳一
協力……原島康晴

本書の一部または全部を無断でコピー、スキャン、デジタル化等によって複写複製することは、
著作権法上の例外を除いて禁じられています。落丁・乱丁はお取り替えいたします。

IBN978-4-907986-21-6 C0098

© Literaturverlag Droschl, Graz-Wien 2005
Japanese translation rights arranged with Literaturverlag Droschl GmbH through Japan UNI Agency, Inc.
© Hiroyuki YAMAGUCHI 2016 © editorial republica 2016